陸奥《みちのく》烈女伝

——安倍・清原・藤原三代を支えた母たち——

外ヶ浜
比内郡
贄柵
陸
奥
岩手郡
秋田郡
秋田城
厨川柵
出
紫波郡
閉伊郡
稗貫郡
仙北郡
金沢柵
沼柵
和賀郡
胆沢城
江刺郡
雄勝郡
胆沢郡
衣川柵
気仙郡
平泉
羽
伊治城
栗原寺
牡鹿郡
玉造郡
多賀城
刈田峯社
大高山社
刈田郡
亘理郡
越
後
伊具郡
伊達郡
石城郡
白河関
勿来関
下野

陸奥《みちのく》烈女伝

——安倍・清原・藤原三代を支えた母たち——

陸奥《みちのく》烈女伝
――安倍・清原・藤原三代を支えた母たち――

目次

玄冬の章　経清［一の前］から清衡へ

カバー挿画 矢崎 奈娥
文中挿画 ささき さちこ

玄冬の章　経清［一の前］から清衡へ

〔玄冬の章〕

※出羽清原氏は、一の前の祖母が出た里

- 先妻 ＝ 清原武貞（出羽清原武則嫡男）
  - 真衡
  - 女
- 清原武貞 ＝ 有加一の前（安倍頼良＝頼時女）
  - 家衡（幼名志藤丸）
- 有加一の前 ＝ 経清
  - 清衡（幼名千寿丸）
- 経清 ＝ 亀の君（陸奥へ下向せず都に留まる）
  - 経元（幼名千代丸 前九年合戦で討死？）
  - 女

《安倍氏関係》

- 安倍忠頼
  - 安倍忠好（良）＝奥六郡主（陸奥権守）
    - 良昭 小松柵主
    - 安倍頼時（頼良改め）鳥海柵で亡
      - （真任）井殿《いのとの》＝盲目
      - 貞任（厨川次郎）
        - 千賀童子
        - 千世童子
      - 宗任（鳥海三郎）
        - 倭加の前
        - 萩の前（沙羅改め）
        - 宗良
        - 仲任
        - 実任
      - 行任（四男？）
      - 正任（黒沢尻五郎）
      - 重任（北浦六郎）
      - 家任（鳥海弥三郎）
      - 則任（白鳥八郎）
      - 有加一の前＝藤原経清の妻
      - 奈加一の前＝平永衡の妻
      - 一加一の前

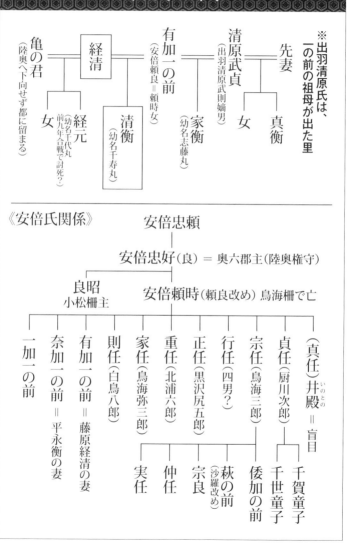

藤原経清

一

「わらわは行かぬ。断じて、何処《いずこ》へも」

顔をそむけて、頑なにそう言い募っているのは、母御前《ははごぜ》、と呼ばれた老女である。

老女はさらに言い募った。

「何と？　此処におれば命の危険があると？　それならばこの老いぼれ、此処でひと思いに果てるまでじゃ」

ここは奥州は岩谷堂、豊田の館と呼ばれる館の一室。

館の主は、陸奥国司藤原登任《なりとう》の下の官人で、名を藤原経清《つねきよ》という。老女はその母である。

雪に閉ざされた長い冬のある一日だった。

珍しく晴れた日の、弱々しい陽差しを求めて、長い冬の鬱屈した気持ちを持て余して、老女は庇の先へそろりと歩み出て、深く息をした。

その折も折、家僕の案内もそこそこに、転げるように駆け入って来た遠山師重《もろしげ》という息子の部下が、挨拶の口上もなしに開口一番こう言ったのだ。

「母御前様、今宵ここを発ち、北へ向かって頂くことになりまする」

前触れもなく、突如としてそう言われたのだ。この老女ならずとも、混乱の余り、抗《あらが》いの言葉一つも投げたくなるというものだ。


この館の主、藤原経清は先年下総の国から陸奥国府へ地方官として下向した。

彼は以前からこの奥州の亘理地方（現宮城県）に所領を持っていた。陸奥国府では次席国司をつとめる上級の官人である。

国司の藤原登任は、国司としての務めを円滑に運営するため、以前からこの地に馴染みのある部下の経清と、そしてもう一人、伊具地方（現宮城県）に所領を持つ同じような立場の部下、平永衡《ながひら》という男とを奥六郡に派遣し、二人にその地を管理させようとした。

このころの奥六郡在地の権力者は安倍頼良《よりよし》といい、彼の勢力は奥六郡の隅々まで行き渡っていた。

そんな中で、都から派遣された国司たるものは、この地をつつがなく統べるのは勿論、いかに多くの税収、貢物を取り込むかも与えられた使命である。

だがこの奥六郡に絶大な権力を持つ安倍氏の前に、それは常に軋轢を生み、都の勢力と陸奥の勢力は一触即発の危うさを持っていた。

かの坂上田村麻呂が征夷大将軍としてこの地に下向するなどして、都の勢力が陸奥の国を支配下に置こうとしたのは、単に支配地域を広げるだけの意味合いではなく、類いない金と、そして駿馬を初め北海の海産物などを産する豊穣なこの地を、喉から手が出るほど欲しかったからではないか。

幾度となく繰り返された奥州遠征の試みは、だがここに至るも成功を見ず、その間、代々の国司は、都からの苛烈な貢金の要求と、それに抵抗する安倍氏の勢力の間で苦慮してきた。

そんな中で国司として赴任した登任は、強力な在地勢力の安倍氏と、徒らに事を構えるよりも、彼らと融和していく道を模索しようとした。

その手段として、この陸奥の亘理郡に所領を持っていた藤原経清と、やはりこの陸奥の伊具郡に祖父の代から所領を持つ平永衡とを、奥六郡に遣わすことを考えたのだった。

安倍氏の棟梁頼良は、国司登任のこの方針を歓迎した。

奥六郡に威を張る安倍氏だが、もともと朝廷の権力と事を構え、関係を悪化させる気などは毛頭ないのだ。

そんな事情のなかで、この地の管理を命じられた経清と永衡だ。

安倍氏は友好的な態度で二人を厚く遇した。そしてその融和の証しとして、二人のそれぞれに自分の娘を娶せた。

安倍頼良には、いずれ劣らぬ美しさの、三人の媛がいた。

経清も永衡も、すでに妻がある身であったが、絶世の美女と音に聞こえた頼良の媛を得て、嬉しくなかろうはずはなかった。

だがその一方で、国司登任は、その後もたびたびに及んだ朝廷の圧力に抗しきれなくなり、遂には兵を動かし、頼良を攻めざるを得ないことになってしまった。

結果、強力な安倍軍の前に、登任軍は手も無く大敗してしまった。

この成り行きに驚き、強い危機感を持ったのは朝廷側だった。

そのため彼らは、次に武人である源頼義を陸奥守兼鎮守府将軍として奥州に送り、安倍氏の追討に当たらせることになる。

が、それは後日の事なので、いまはさておき……。

二

我が息子経清が、安倍頼良の娘である有加《ありか》一の前を娶ったと聞いた経清の母御前は、こう言って嘆いた。

「何と……、我が息子が、陸奥の蝦夷の娘御を娶るとは。それもこれも……」

政事に疎い母御前のこと、都にある経清の妻、亀の君が、陸奥への夫との下向を拒んだから、と、腹立ちはそちらの方へ向かう。

都生まれの亀の君は、経清との間にすでに娘と息子をもうけていたが、「陸奥なんどという蝦夷の住む地には、わらわは到底住めぬわの」と言って、頑なに下向を拒んだ。

経清と亀の君の間の嫡子千代丸は、この時十歳に満たぬ齢だった。これを経清が同道、と決めたにもかかわらず、だ。

亀の君のこの言葉を伝え聞いて、母御前は嘆きつつ言った。

「孫君はまだ頑是ない童ではないか。母御が行かぬというなら是非もなし、この祖母《ばば》が同道して進ぜる」

彼女とて、雪深く寒さ厳しいと聞く北の果ての地、陸奥の地に何を好き好んで下向したかったろう。孫可愛さに、渋々下向したのだった。

だが、ただ可愛さというばかりではない。息子経清は、都でも音に聞こえた藤原秀郷将軍（別名田原藤太とも。天慶三年平将門の乱を平定、功により鎮守府将軍となる）に連なる直系の子孫なのだ。その嫡子である孫君を、必ずやこの手で、家名を上げる立派な武者に育て上げねば、という自負もあった。

だが陸奥の国府のそばの屋敷に落ち着き、やっとこの地の暮らしにも慣れたかという頃、国司の命令で、さらに北の奥六郡に移らねばならなくなった。この時も母御前は驚き、そして抵抗した。

「この国府の地とてわらわにはもう寒い北の果て。これより更に北へなんど、死んでも参りとうはない。ただ息子主従で赴くが良かろうぞ」

だがこの時、孫の千代丸はこう言って祖母を宥めた。

「おばば様、私はお父上に従いまする。でも、おばば様とお別れするのは何よりも辛いことでござります。私はどうすればよろしいのでしょうか」

その可愛い孫の言葉に、母御前は手もなく折れてしまったのだった。

奥六郡に下った経清は初め、安倍氏の拠点の一つ、紫波の鵯《ひよどり》の柵（現在の紫波町、善知鳥館跡がそれと考えられる）の近くに住まいを定め、ここを拠点にこの地域を管轄し始めた。

時に永承五年（一〇五〇）のことであった。

国司の命によって下向したからには、安倍氏一族とも努めて平和的に共存を、と経清は願った。

しかし、度々の都からの貢金貢馬の要求に、そんなのどかな望みなどは、ことあるごとに打ち砕かれた。

朝廷と、それに抵抗する陸奥の勢力の間で、その均衡を図ることに腐心する経清の態度に、安倍氏の棟梁頼良は信頼を寄せ、自分の娘の一人、一の前を経清に、さらにその妹御前を、経清と同じ立場の平永衡に娶せたのだった。

こうして安倍一族と親交を結んでからというもの、経清の気持ちは次第に変化して行った。

都の者たちから、「陸奥の蝦夷」と恐れられ蔑まれる彼らの、決して都に劣らぬ、想像もしなかった深い教養に裏打ちされた文化、他者への敬虔な態度、それらを目のあたりにし、その人々の中で暮らすうち、経清の心はいつしか、次第に北の地の人々に寄り添うようになっていったのだ。

この雪深い地でたびたび繰り返される冷害、それらの自然災害をも、神仏のなせる業と敬虔に受け止めて、ひたすら忍苦しつつ耕す大地、山中から採掘する金や、広大な牧野に放ってのびのびと育て上げている駿馬、それらをまるで、底なしの穴から掬い尽くすように要求し続ける都の権力者たちは、北の地の暮らしの厳しさも産金の苦労も知らないのだった。

加えて、頼良という男の、豪胆にして竹を割ったような真っ直ぐな性格は、裏も表も縦も横もあり過ぎて、その真の心は一体どこにあるか分からぬような、殿上人を初めとする都びとたちと違って、経清の心を安んじるものだった。

娶った頼良の娘、一の前は、文字通り匂うばかりの美しさ、だが、その美しさがもたらしても不思議はないような僅かな慢心も見られず、実におおらかで伸びやかな性格だった。野山を自由に駆け巡り、花を愛で、山菜を採り、キノコ狩りや木の実拾いにいそしみ、土地のおなごたちと自由に行き来する。そうでありながら、一旦綺羅を纏って邸の内に静かに座せば、その美しさ気高さは辺りを払い、神々しいまでの雰囲気を漂わせた。

香を焚きしめた部屋の中で侍女にかしずかれて終日過ごし、きっぱりとして自我が強く、この地への同行を即座に断った妻、亀の君のことを考えあわせると、そのきっぱりした性格を、経清はこれまで、むしろ好ましくさえ思っていたのだが、この一の前への愛しさの情の前には、亀の君への想いなどまるで色褪せてしまうのだった。

何も蝦夷の娘などを……、と母御前は側の者に顔を顰《しか》めて言ったというが、経清にとっては、そんな母の言葉は取るに足らぬものだった。

「母御には政《まつりごと》ということが分かっておらぬ」から、言いたいように言わせておけばよい、という気持ちだったし、また一方では、母御とて、一度でもこの媛に会って見れば、都びとが蝦夷と蔑むこの地の女人が、かくものびやかで美しく、気品に満ちた気高さを持っていることに、その先入観を改めざるを得まい、という気持ちでもあった。

鴇《ひよどり》の柵近くに寄るようになった経清は、自ずとこの紫波の地一帯にも目配りをすることになった。

白山の社

一

そんなある日のことだった。経清は、鶫の柵から大河（北上川）を挟んだ東の方に、十一面観音を擁する大寺がある、という話を耳にした。

十一面観音を崇拝する経清は、蓮華寺というその大寺に、さっそく参ってみようと思った。

川水が温み、岸辺に猫柳の芽が膨らんで揺れる春を待ち、経清は僅かの供を連れ、馬を歩ませてその地に向かった。

大河のほとりに設けてある小さな川湊から、対岸に渡した浮橋を渡って馬を駆れば、鶫の柵からさほど遠くはないそこで、だが経清が目にしたのは、荒れ果てて廃滅寸前の、無残な寺の佇まいだった。

その広大な境内の傍らを、丈高い藪や草を払いつつ登って行った小高い山、その頂きに建つ社《やしろ》の社殿もまた、衰退して目を覆うばかりの有様だった。

経清は、この惨状に言葉を失った。

坂上田村麻呂征夷大将軍の時代からの遠征の、打ち続いた戦さの巻き添えで、このような大寺も、ここまでうち捨てられたようになってしまったのかと怪しんだ。これほどの大寺が都の内にあったなら、なぜにここまで荒れ果てることがあろうかと。

その一方で、土地の者が音高山と呼ぶその小高い山頂の神域からは、他には較べようもないほどの霊気が発せられているのを、経清はその身に感じた。

その霊気を全身に受けて参詣、そのままその場に身動きもならずにじっと佇み、そうして彼は、そこから眼下にぽつりぽつりと望む里人たちの住まいの様を眺めつつ、この社と蓮華寺の再建を決意した。

それからの経清の行動は速かった。

この山頂に、自分の先祖伝来の白山神霊、伊邪那美命を奉安すると心に決めた彼は、土地の大工たちを督励、一年後の翌永承六年（一〇五一）五月には、はや社の造営落成を成し遂げた。

その落成祝いの日に、経清は神殿で歓喜して礼拝、高らかに歌い上げた。

『風吹かば音高山の榊葉も色や増すらむ神の御稜威《みいつ》に』

このことがあってから経清は、国司の登任から、白山神社御神体の管理をも任されることになった。

そこで経清は、白山の社司として、部下でもあり最も信頼のおける近親者、遠山右近師重《もろしげ》をこれにあてた。

が、それは取りも直さず、この紫波地方一帯の駿馬の育成や産金の管理も掌握し、都へ貢納する責任も負わされたということを意味した。

それ以来、これ幸いというように国司登任は、都からの徴納の要求のままを経清に要求して憚らないようになった。

都からの要求の激しさに、その対策に苦しんで経清と永衡を奥六郡に差し向けた筈の国司のこの態度に、経清は怒りを隠せなかった。国司藤原登任もまた、典型的な都びとであることを、経清は改めて感じないわけにはいかなかった。

経清は次第に、自分の上司である国司登任に、公然と異を唱えるようになっていった。

そしてその態度は、当然ながら国司登任の怒りと憎しみを買うことになった。

部下である藤原経清の抵抗に遭いつつ、国司藤原登任は、一方で朝廷からの圧力に屈し、前述したように、遂に兵を挙げざるを得なくなった。

永承六年の秋、藤原登任は数千にのぼる国府の軍を動かし、安倍一族を討つべく立ち上がった。

この時経清と永衡は、深い苦慮の末に、お互いに語らって、妻の父である安倍頼良の軍につくという挙に出た。そうと決めるまでの二人の苦悩は、無論のこと並々ではなかった。

だが二人の目から見れば、この北の地で平和に暮らしている人々の実情を顧みない朝廷側の要求は、余りにも無体、としか映らなかった。

この事を人づてに聞いて、経清の母御前は嘆いた。

「経清は早、蝦夷の女御《おなご》に鼻毛を抜かれてか。情けない事じゃ。ご先祖であられる秀郷将軍が嘆かれるわ。おのれが禄を受けているのがどこなのか、そんなことも忘れ果ててしもうたというのか」

そうして戦さは起こったのだった。

が、屈強をもって鳴る安倍軍に、国司の軍は為すすべなく大敗してしまった。

この思わぬ結果に、朝廷側は驚いた。

劣勢を挽回すべく、翌永承七年（一〇五二）三月、朝廷側は武士である源頼義を陸奥守兼鎮守府将軍として陸奥国に送り、安倍氏一族の追討を謀った。

安倍氏一族、ということの中には、国司軍に背いて安倍軍についた経清も永衡も含まれる。藤原登任の軍勢何するものぞ、という気持ちだった経清も永衡も、さすがにこの成り行きには危機感を強めざるを得なかった。

だが、端から見れば、これは当然の成り行きと言えよう。経清も永衡も、奥六郡で暮らすうちに、安倍氏側に寄り添い過ぎてしまったということか。

二

ある日経清と永衡は、妻の父にして安倍氏の棟梁、頼良に呼び出された。

衣川の頼良の柵を二人が訪れると、そこには常になく、珍しく憂い顔の頼良の姿があった。

棟梁頼良は、そこで二人にこう諭した。

「わが信頼する婿たちよ、お前たちそれぞれの部下たちは、勇猛にしてまことに頼りになる兵団なれど、この度もお前たちの加勢を受けて、それによってお前達に難が及ぶのを、わしは見とうはない。お前たちはひとまず、都からの将軍に恭順の意を表し、その傘下に下るが良い。都から遣わされた者を婿にして、揚句に利用したと言われるのも心外ゆえの」

一人でも味方が欲しいはずの厳しい戦いを控えて、経清と永衡の心中を察しての頼良の深い心、それを胸にとどめて、経清と永衡は、ひとまずその言葉に従いはするが、時が来たらまた必ず彼ら一族の下に戻りたい、と心に決めたのだった。

安倍氏一族から離脱して、逆に敵対するという苦渋の決断をしたことによって、経清は安倍氏の鶇の柵から離れざるを得なくなった。

そこで経清が新しく館を築こうと決めたのが、岩谷堂持田の地だった。

豊田の館、と呼ぶことになったそこへ、館の完成も早々に、経清は一統を引き連れて移ることになった。

経清はこの豊田の館へ、白山神社の御神体と、母御前も伴った。

だが妻ではあるが安倍氏の娘でもある一の前は、そのまま安倍氏の鶇の柵に留めることにした。

衣川の柵できょうだい達とともに育った一の前は、安倍氏の保護下におく方が、より安全であろうと思ったからだった。

そうして日を追うにつれ、将軍源頼義を迎える陸奥の奥六郡の地には、かつてないような緊張が走っていった。

しかしその緊張は、思わぬ出来事によって、ある日いとも簡単に断ち切られた。

将軍頼義の陸奥への着任早々、都で大赦の令が発せられ、これによって、鎮守府将軍による安倍頼良追討の命は取りやめ、となったのである。

頼良はこれを、将軍頼義の力添えによるものとおおいに悦び、将軍への恭順の意を示すため、おのれの名が将軍と同じ「よりよし」というのは恐れ多いとばかりに、「頼時《よりとき》」と改めた。

もとより安倍頼良には、中央の朝廷と事を構える気などなかったのだ。

だが、当然のことながら、この大赦の令は朝廷によって発せられたもの、頼義の力添えなど無関係のものであった。

大赦の令のその事情というのは、後一条、後朱雀両天皇の生母にして、関白藤原道長公の息女である上東門院彰子《しょうし》の病状が悪化、その病気回復祈願のために、天下に広く大赦令を発したと言うのが真実だった。

安倍一族を討って武勇の名を轟かすべく、勇んでこの地に赴いて来た武人源頼義は、そんなわけで一度も兵を動かすこともないまま、四年後の天喜四年（一〇五六）に任期を終えることになった。

　彼は鬱屈した心のままに、次に赴任して来る者への仕事の引き継ぎのため、陸奥国府から奥六郡統治の府である胆沢城へと赴き、ここで数十日の間を、離任前の諸事をしつつ滞在することになった。

　そんな彼の心中には嵐が吹き荒れていた。安倍頼時がどんなに恭順の意を示して来ようが、その嵐は収まらなかった。

「おれは、こやつらを討ち果たして武勲を立てる筈だった。そして天下にその名を轟かせる筈だったのだ」

　そんな猛々しい思いが、その胸からは容易に去らなかったのだ。

　頼義のそんな心中など知る由もなく、胆沢城に寄る頼義を訪ねて、頼時は自ら酒肴の給仕をしてもてなしたり、またその部下たちに至るまで駿馬や金を献じたりして、離任前の頼義に精一杯の誠を尽くした。

　そんな頼時を見るにつけ、しかし頼義は心底いらついた。

　自分の武名の高さゆえか、かつて藤原登任が軍を動かしたときは、娘婿で安倍方についたという藤原経清も平永衡も、初めから自分の元に帰順した。それにこの棟梁の安倍頼時の態度といい、それはそれで良いとしてもだ、と頼義の苛立ちは増幅していくのだ。

武士は戦ってこそのものだ、それなのに武人としての自分は、征討すべき彼らを目の前にして、何一つ武功を立てる機会もないまま、四年の任期をいたずらに空しく過ごしたのだと、ただ口惜しく思うばかりだった。

この地に赴いて初めて目にし、耳にした、奥六郡の想像以上の豊かさ、それを安倍氏という一族が握っていることも、頼義の頭からは離れなかった。それらを横目に、このまま功名一つ上げずに帰京するとは……。

そんな思いだけが去来した。

頼義のこんな胸中、その悶々としたような表情に、近くに仕える部下の武将たちが気づかぬはずはなく、腫物にでも触るようにその顔色を窺っていた。

仕掛けられた戦さ

一

胆沢城に滞在十数日、ある日、巡視のため阿久戸、という地の宿舎にいた頼義に、藤原光貞という部下が報告して来た。

「ご報告申し上げまする。昨夜見廻りからの戻り道、川辺の道で突然何者かの夜襲を受け、矢を射かけられました。我が兵馬、どうと倒れましたが、幸いにして我にも供にも、人には危害は及びませなんだ。ですが我が愛馬、苦しみ悶えつつ落命してござりまする」

「夜襲とはまた物騒な……、して夜盗にでも出くわしたとか」

「暗くて、しかとは正体は……」

そう言った後、光貞はごくりと唾を飲み、注意深く頼義の顔色を窺うような素振りを見せた後、低い声でこう続けた。

「いななき暴れる馬を御すのに気を取られて、私めは不覚にも敵の姿を見失いました。ですが思うにこれは、安倍の棟梁が息子、貞任の仕業に違いないと。供の者もそのように申しておりまするが……」

「何ゆえその者の仕業と？」

「はっ、実は……、先般来、貞任は我が妹を妻として所望、私めは、蝦夷の男の妻にとは片腹痛し、とばかりに即刻これを断りましてございます」

「ふむ」

「その私めに、彼奴は恨みを抱いたゆえかと」

後は言わずに、光貞は意味ありげな顔を頼義に向けた。

だが、頼義はそれに対して、これという反応は見せなかった。日頃から接している安倍頼時の人品。それに対しての信頼が彼の中にあった。その息子がそのような所業に及ぶとは、考え難いことであった。

昨夜の彼奴らの言い草も……、とそこで頼義は思い返した。

昨夜、密かに頼義の宿舎を訪ねて来たのは、気仙地方の豪族、金為時、為行という兄弟だった。

ここから東の気仙地方では、金氏という一族が威勢を振るう一方、その近くの磐井地方では、同族と思われるこれも金氏と称する一族が力を蓄えていた。そのどちらもが、豊富な産金の地である。

だが双方の金氏のうち、磐井地方のそれは安倍一族と親しみ、現に安倍頼時は妻の一人をこの一族から得ていた。

一方、気仙地方の金氏は日頃から磐井地方の金氏とは反目しあう仲で、親しく交わることはないようだった。

その遠因は、いずれこの地方に豊富に産する金の利害に絡むものか、と頼義は感じていたのだが、安倍一族の勢力から見れば、彼らの勢力は限定的、鎮守府将軍として自分がわざわざ目を向ける程でもないと考えていた。

その気仙金氏が、兄弟で密かに頼義の元を訪ねて来たのだ。

兄弟の言い分は、安倍氏の棟梁頼時が、どれほど我欲に満ちているか、そして磐井金氏と気仙の自分たちの仲を裂き、それによってどれ程民たちも苦しんでいるか、というものだった。

彼ら兄弟は、口を極めて言った。我らのほかにも、頼時一統に苦しめられている者は数知れず……、と。そんな訴えを昨夜聞かされたばかりだった。

どうか安倍氏一統を征伐して下さい、と言わぬばかりの言い条だった。

安倍頼時の気性を身を持って知る頼義は、これは強大な安倍一族を妬んでの讒言であろう、と用心して聞き流し、耳を貸さなかった。

が、今、安倍氏の所業を謗《そし》る口が二つ重なった。しかもその一つは日頃から側に仕える、信頼に足る部下の口だ。

彼は証拠を上げさせることもなく、容易に光貞の言葉に耳を貸してしまった。

そして、しかと取り調べもせずに考えたのだ。

「昨夜の金兄弟の言葉といい、光貞の蒙った危難といい、この機会をおいて、安倍頼時打倒の好機は、おそらくは到来するまい」

頼義は、頼時の息子貞任の顔を思い浮かべた。驚く程の大柄で、その上がっしりとした体格は父親似だが、男には珍しいほどの色白で、顔立ちには頼時ほどのいかつさはない。だが一見無表情で、何を考えているのか分からぬようなところがあった。

その貞任が、見廻りの光貞の兵馬を襲ったというのだ。

さて……、と思っていると、光貞はもどかし気に、さらに言い募った。

「殿、わけはどうあれ、確かに射かけられた矢はやつらのものでござります。ですから、やはり貞任の手の者の仕業……」

重ねてそう言われ、頼義はじっと光貞の顔を見やった。それからややあって頼義は声を殺すようにして言った。

「良かろう、早速使いをやって貞任を呼び寄せ、詰問致せ」

そうして頼義の前に召し出された貞任は、何のことかまるで分からないという顔つき。その態度に、頼義は相手を押し潰すような口調で言った。

「お前の手の者の仕業だという事はすでに知れている。卑怯にもお前がそれを認めぬというなら、鎮守府将軍に公然と刃向う者として、許すわけにはいかぬ。疾く立ち戻り、お前の父に言うが良い。即刻お前を捕えて都へ送るべしとな」

戻った貞任は、身に覚えのないことをどう白状しろと言うのかと、憤慨しつつ父に訴えた。何ゆえこのような仕儀になったのか、と戸惑いを隠せぬ父に、貞任は自分の疑念を口にした。

「確かに数日前にはわが手の者が、森で狩りをして鹿を射止めました。ですが、夜陰に乗じて馬を射ぬくなど、断じてあり得ませぬ」

「無論じゃ。我ら安倍一族の者に、そんな姑息な行為は許されぬこと」

「矢はあるいは……、その時獲物を射そこなったものの一本。森のどこかで拾われてしまったものでは……」

　押し黙ったままそれを聞き、頼時は暫く沈黙した後で声を絞り出した。

「是非もなし。罪なきお前を父親であるこのわしが、いかで召し出せるとか。将軍の心は、やはり我らに戦さをしかけずには置かぬ、ということか」

　とは言ったものの、都からの将軍に対して、ここまで誠心誠意尽くしてきた頼時は、何とか関係を修復したいものと、息子の貞任を伴わず、僅かの部下と将軍頼義の元に参じた。そして一応はこう釈明を試みた。

「この陸奥に聞こえた我が安倍一族、どのような理由があろうと、夜陰に乗じて兵馬を襲うなど、あり得ることではござりませぬ。どうか誤解をお解き下されたく、伏して御願い申し上げまする」

　だが頼義は口を真一文字に結んだまま、ひと言とてない。

　その冷酷ともいえる表情に遭って、頼時は自分の推察が的を射ていることを察した。そして、釈明は無駄、と見るやこう言い切った。

「人倫この世に在るは、ひとえに妻子のため。我が子息貞任がいかに愚かであろうとも、親としてその身を差し出すことは出来ませぬ。父子としての情愛は、捨て去るわけには参りませぬ」

その言葉に、後ろに控えた安倍氏の強者たちも、一様に大きく頷いた。

こうして源頼義の軍と安倍頼時の軍、戦さの火ぶたは切って落とされることになった。というより安倍方としては、一方的に、無体な言いがかりで仕掛けられた戦さに、突入せざるを得なくなった。

時をおかず進軍して来た源頼義軍に対して、安倍頼時は一族に檄を飛ばし、貞任、宗任、正任などの息子たちを初め、部下の屈強の武士たちが集結して反撃に出た。

阿久戸、阿久利川辺りはたちまち戦乱の場となった。

そして頼義の目論見に反して、頼義軍は安倍軍に蹴散らされてしまった。

安倍打倒の好機とばかり軍を動かした頼義だったが、結果はこうして無残にも惨敗、ということになったのだ。天喜二年（一〇五四）のことである。

二

一方、経清が豊田の館に移った後も、紫波の鴨の柵に留まっていた妻の一の前は、男児を出産した。

任地であるこの陸奥に伴った長子千代丸、今は経元と名乗る息子は、すでに気丈に父経清に付き従い、戦にも出陣する年齢になっていたから、経元にとってはずいぶん齢の離れた弟の誕生であった。

阿久戸の戦いで惨敗した頼義軍は、態勢を立て直し、再び安倍側への進撃を画策していた。そんな中で舅の頼時に諭されたように、経清も平永衡も、その戦いが始まる前から頼義の軍勢下にあった。

数年前、登任の軍勢は安倍軍の前に手もなく大敗したが、音に聞こえた源氏の武将頼義の軍勢相手では、そうたやすくはいかぬというのは誰の目にも明らかだった。

無体な言いがかりで安倍氏に仕掛けた戦さ、その経緯を知っていて頼義軍で戦わねばならぬ経清の意気は、いっこうに揚がらない。腹の中では頼義を蔑み、憎みさえしているのだ。だが、と経清は思うのだった。いまのおれに、ではこの道以外の道はあるのか、と。そう思うと暗澹としたものがあった。

それにもう一つ、若い頃、頼義将軍の弟に当たる源頼清がこの地に陸奥守として赴任した際、経清はその部下として、一度この陸奥に下向したことがあったのだ。頼義将軍は、かつての上司の兄、というわけでもあった。

しかし今、妻は安倍頼時の娘で子まで生した。その安倍氏を敵にまわして戦うのに、意気の上がる筈はなかった。


驚愕すべき事件が起きたのは、そんな時だった。

天喜五年（一〇五七）のことである。安倍氏のもう一人の娘婿である平永衡が、頼義軍下にあって、突然間諜《スパイ》の疑いをかけられたのだ。

永衡も経清も、かつては国司軍に背いて安倍軍に下った者同士である。

つまりはそれが災いして、「我ら二人は、源軍からは常に疑惑の目を向けられているのだ」と、経清ははっきりと悟った。

貞任の手の者が藤原光貞の馬に矢を射かけた、とでっち上げられたように、永衡もきっと、ありもしない事をでっち上げられたに違いない、と経清は思い、じっと息を殺すようにして成り行きを見守った。

聞けば、永衡の兜が一段と目立つもので、それは暗に自分の所在を安倍軍にいち早く気づかせ、身を守る為だ、と頼義側の疑念を呼んだと言う。

永衡の兜は以前から変わらず、今に至るも同じもの、と知っている経清は、これこそ貞任と同じ陥れ方だ、と怒りを隠せなかった。

その永衡への頼義のやり方は卑劣だった。永衡本人ではなく、永衡の部下の中から、いかにも気弱そうな者を選んで引きずり出し、拷問を加えたのだ。

部下はその拷問に耐えられず、遂には主の嫌疑を認めてしまった。

それで永衡は、即刻打ち首ということになった。

この成り行きに、経清は覚悟しなければならなかった、次は間違いなく自分の番なのだ、と。

ならば、無実の嫌疑で首を切られる前に、何とかしてここから離脱する道を考えねばならぬ、と思った。

苦しみ考え抜いた末、経清は数日の後、伸るか反るかの一計を案じ出した。

その一計とは、部下に命じて偽りの情報を流させる、というものだった。

曰く、安倍軍はすでに拠点の衣川から南へ向けて進み、背後から源軍に攻撃を仕掛けようとしている、このままでは陸奥の胆沢城より、国府の方が先に落とされるだろう……。そのまことしやかな情報を受け、慌てた頼義軍は、急遽国府多賀城までの退却を余儀なくされた。

その隙を窺い、経清の一団はひたすら北へ走った。そして安倍軍に合流した。

それからの安倍軍での経清の活躍は目覚ましかった。国司に次ぐ地位である自分の立場を利用して、衣川の南にある諸地域に命を出し、経清自身が発行した、「私徴符」を使って次々に倉を開けさせ、それらの倉にある兵糧、武器、資材等を徴納させた。公的な朱印のない私徴符ながら、その徴符の威力は絶大だった。

頼義軍がそれらの物資を徴収して用立てる前に、それを阻止しようという経清の目論見は、見事に功を奏した。

著しく物資不足に陥った頼義軍は、おおいに悩まされることになった。

このため戦いは一進一退になり、頼義将軍にとっては、想像もしなかったような膠着状態になった。

三

長い戦さで、経清とそれに従った息子の経元が留守になった豊田館には、母御前が独り残された。それを守ったのは、白山神社御神体のお守りを命じられて豊田館にそれを移した、かの遠山師重であった。

そんな時になっても、母御前は師重を相手にたびたび嘆きを口にした。

「我が息子は、何故にあちらについたりこちらについたり……。ほんに頼りにならぬ戦いぶりよ。それもこれも……」

安倍一族から妻を迎えたがための厄災、と母御前の言葉は決まっていた。

その度に師重は、母御前を静かに宥めた。

「さようなことはござりませぬ、母御前。経清様は立派な殿。ただ、戦さというものは、端の者には理解出来ぬところで動くものでありますから」

「むろん、女ごのわらわなんどには分からぬ。だが、分からぬ者の方が却って物事が良く見える、と言うことはあるものじゃ」

「それも一理ではありますものの……」

というような調子で、いつもうやむやのうちに会話は終わるのだった。

一方、この戦いのさなかで、思わぬことが起こってしまった。

一族の要である棟梁、安倍頼時が、不覚にも流れ矢に当たったのだ。

それを知って息子の貞任は、父棟梁の周りを固めていた出羽の同族、清原光頼とその弟武則の失態を、逆上のあまり口を極めて罵倒した。

が、出来てしまったことは取り戻せない。思いのほかの深手を負った棟梁頼時の身体は、そこから主要な柵の一つ、息子宗任が守る鳥海柵《とのみのさく》へと運ばれた。

そしてここで傷痕を養ったのだが、養生の甲斐なく、その傷がもとでやがて頼時は命を落とした。

以後、強力な棟梁を欠いた安倍軍は、次子貞任（長子真任は生まれついての盲目で、もともと戦力にはなり得ないという事情があった）のもとに結束して戦うことになった。

そして長い長い膠着状態の激戦の末に、遂に安倍貞任は最後の砦となった厨川の柵で滅ぼされた。この戦で安倍軍と共に戦って苦しみぬいた藤原経清もまた、平太夫国妙という源軍の男に捕えられてしまった。

棟梁頼時が戦死してから五年後の、康平五年（一〇六二）九月のことである。

引き立てられた経清を前に、さんざん彼の計略に苦しめられた源頼義は、その面《つら》を張り倒さんばかりの剣幕で、憎々しげに言い放った。

「お前は元々我が弟の部下、いわばこの源の郎党。そこに情けをかけて、永衡より先にお前の首を刎ねなかったのは、この頼義、一生の不覚であった」

そしてまたこうも。

「で、どうだ、こんな哀れな姿になってもなを、お前は勝手に出した私徴符とやらで、兵糧や武器を掠め取ろうとか。申して見よ」

口を結んでぐいと地面をにらんだままの経清に、頼義はさらに言った。

「お前から嘗めさせられた苦痛は、一思いに首を刎ねるだけでは到底返せぬ。この頼義に劣らぬだけの苦しみを、お前にはしかと与えるとしよう」

その「苦しみ」を味わわせるために、頼義は部下に命じ、刃のこぼれた鈍刀を用意させた。どこまでも苦しみが果てぬように、その刀でのこぎりを引くように長い長い時間をかけて、その首を切り落とさせたのだ。

まわりに居並ぶ部下も、顔をそむけるような凄惨なやり方で、敗軍の将への礼儀など微塵もない、まことにもって残酷極まりない仕打ちであった。

これこそは源氏の将軍の、例を見ない冷酷な性格を表すものか、はたまた、経清という男への憎しみが、敗れた武将に対する武士としての礼儀すら忘れさせるほど、尋常ならざるものだったということか。

時は康平五年（一〇六二）九月十七日であった。

そして、この経清の首が、安倍貞任らの首と共に都に送り届けられたのは、翌康平六年（一〇六三）二月のことであった。

安倍の媛一の前

一

経清に従って戦った嫡子経元は討ち死にし、父である経清自身は捕えられて首を刎ねられた。

それを知って、衝撃の余り放心状態となった母御前のもとに、さらなる大きな情報がもたらされた。

鴇の柵によっていたという一の前が、源軍に引き据えられて、途中から源軍に寝返った出羽山北の将、清原武則へ払い下げられたというのである。清原武則は、息子の武貞の後妻にと貰い受けたと言う。その知らせが早馬で届いたと聞くや、母御前は狼狽して叫んだ。

「ならば、経清が子は、一体どうなるのじゃ。あんな頑是ない童も首を刎ねられるというのか」

その知らせを母御前に伝えた遠山師重は答えた。

「ご心配召されますな。孫殿はひとまずご安泰かと。母君一の前様とともに、清原一統が御引取り、という御裁定になられたとのこと」

「かの秀郷将軍に連なる経清の血を継いだ、ただ一人のおのこじゃ、何としても命長らえて貰わねば」

母御前はそう言うなり宙を見上げて吐息した。

師重は母御前を促した。

「我らも、一刻も早くここから立ち去らねばなりませぬ。源軍の残党狩りの襲撃が何時あるやも」

　母御前は驚いたように師重の顔を見た。

「何と、この期に及んで、なおわらわに生きよと言うか。息子も孫も失った今、何のために老いさらばえのこの体を……」

「何を仰せでござりますか。私は殿の、母御をくれぐれも頼む、との仰せに、こうして今日まで母御前を……」

「いいや、わらわは行かぬ。断じて何処へも動かぬ」

　冒頭の老女の頑なな言葉は、そんな経緯の末に発せられたものだった。

　そんな押し問答の末に、終いには、ただ一人残った孫殿の行く末を、無念の殿に代わってどうぞお見届けを、と師重に説き伏せられて、やっと母御前の心は動いたのだ。

　その夜のうちに豊田の館の留守を担っていた遠山師重一統は、主の経清から託されていた白山神社の御神体や、家に伝わる霊像珍宝の類いなども、ことごとく取りまとめて背負い、さらに母御前の身は、従者たちが代わる代わる背負うことにして、夜陰に乗じて出発したのだった。

向かう先は師重が社司をつとめていた、あの紫波赤沢の音高山、白山神社である。

だが人が往来する道を通ったのではいつ頼義軍の残党狩りに遭遇しないとも限らない。そんなことになれば、多勢に無勢でたちまち母御前もろとも捕えられる。一行は目立たぬように、ただ一本だけ灯した松明の明りをたよりに、僅かに山中に残された猟師たちの足跡を辿り、けもの道をかいくぐり、昼間は藪に身をひそめ、そうして難儀に難儀を重ねて数日目の夕刻、やっと白山神社のある音高山の麓、蓮華寺に辿り着いた。

その頃、幸いにも蓮華寺の住持は、経清によって招聘された、師重の伯父、円覚良円という師が務めていた。師重はその伯父に母御前を託すことにした。

息子の経清と孫の経元、ともに亡くした失意の母御前は、以後、息子と孫の菩提を弔いつつ、そしてまだ会ったこともないただ一人の息子の忘れ形見、その童の息災な成長を祈りつつ、亡くなるまでこの蓮華寺でひっそりと暮らすことになる。

一方、経清の命により、母御前をここまで守り通した遠山師重は、その後の身を再び白山神社に捧げ、承保三年（一〇七六）五月にその命が尽きるまで、白山の御神体を守護し通した。

二

父の安倍頼時以下、一族は遂に兄貞任の拠点、厨川の柵で滅ぼされた。夫の藤原経清も捕えられて首を刎ねられたという。

戦での矢傷がもとで父が亡くなって以来、覚悟も持っていたとは言え、その報は余りにも衝撃的なものだった。

父を、兄弟を、夫を、ともに失った一の前には、もうこれ以上生きている意味は無いと思われた。

この鶴の柵の東を流れる大河に身を投じるか、男たちの持つ重い刀で自分の喉を一思いに突くか……。

今すぐそうして兄弟や夫の後を追うことが出来たら、どんなに心は安らかであろうかと、思うことはそればかりだった。

この奥州に覇たる安倍頼良の媛として生まれ落ちてより、自分は二人の妹とともに、一族の誰からも守られ、愛され、大切に育てられて来た。三人姉妹の一番上の姉として、長ずるまで嫌な事は何一つとしてなかったような気がすると、一の前はこの日までを振り返る。

父頼良は妻も多く、十一人という子に恵まれた。その一人として、一の前は他の兄弟たちとも睦み合い、本当に楽しく暮らしてきた。中でも三番目の兄、宗任とは母は違ったが、幼い頃より馬が合うというのか、良く気が合って親しかった。

宗任が兄として尊敬出来るのは、誰に対しても優しく、そしてずば抜けて頭が良く、その上自然に対する深い心入れがあることだった。

いつか一の前は、宗任に尋ねたことがある。

「兄上様は、何故にそのように知識が豊かなのでござりしょうか」

それに対して、宗任は笑って言った。

「おれの知識など、国見の御寺におわす良昭師の万分の一にも及ばぬものよ。おれはの、ここだけの話じゃが、本当は父御のような道ではなく、良昭師のように仏門に入り、学問をしたいという願いがあるのじゃ」

「まあ。良昭師とは、父御の弟君であられるあの……?」

「そうよ。じゃが父御は許すまい。重任や則任など、腸腹の兄弟なら、良昭師のような道も、あるいはすんなり許すかもしれんのだがな」

「兄上様は、父御にとっては、嫡妻であられる御方の一番上の息子、ということですものね」

「うむ、まあの」

だが勇猛さにおいては兄貞任の相手ではなく、宗任はそれを良く心得ていて、日頃から貞任を良く立て、従っているのだった。

一の前にとって、宗任は真実理想のおのこ、兄でなかったら宗任の妻になりたかったとまで思うのだった。

父亡き後は、そんなわけで一族の棟梁として軍を率いた兄貞任は、最後まで戦って厨川の柵で壮絶な最後を遂げたという。いかにも貞任兄らしい最後であったと一の前は思う。彼は父の遺志をしっかり継いで、それに殉じたのだ。

そしてまた一の前は、この厨川の柵で繰り広げられた、さらに悲しい出来事も耳にした。弟則任がこの柵に帯同していた妻女のことである。

敵の猛攻を受け、次第に敗色濃くなる中、最早これまでと覚ったか、則任は妻やその侍女たちに向かい、柵を出て生きのびよ、と喩したとか。いかな源氏軍でも、女子どもの命まで奪うことはあるまい、ここを出て生きれば、再び春も巡って来よう、と。

それを聞いて、則任の妻は言った。

「されど陸奥の女人にとっては、二夫にまみえるは何にも優る屈辱」

そして夫に口を開かせる間も与えず「我が夫殿《つま》、わらわは一足お先に参りますゆえ、どうか後顧の憂いなく存分に戦って下されませ」

そう叫んだかと思うと、柵の深い濠をめがけて真っ逆さまに身を投げたというのである。

そして厨川の柵が陥落した後、宗任や正任、家任らの兄弟は源頼義将軍によって囚われてしまい、都へ護送されてしまった。

死んで果てるよりも辛い屈辱に生きているであろう兄弟らの事を思い合わせると、則任の妻女の潔さは、痛ましい、というよりも、羨ましい、という思いを一の前に抱かせた。

それこそはまさに烈女、出来ることなら自分もここで潔く……。

だが、自分には則任の妻女のように命を断ち切ることは許されない。もしそんなことをしたら、亡くなった夫の忘れ形見、千寿丸はどうなるのか。千寿丸は目の前で、いつもこの母を見ているのだ、と思う。

今ここで自分が命を絶ったら、父を亡くしたこの哀れな子は、早晩、敵の遺児として頼義軍に殺されるであろう。

この子の命を守れるのは、母である自分しかいない……、その一念も一の前の決心を新たにさせる。

そんな一の前に、一刻も早くここから去らねば、と家僕たちは急き立てた。だがその言葉に、一の前は静かに笑って動こうとしなかった。

「ここから去って何処へ逃げろと言うのでしょう。もうこの陸奥には、どこにも安倍の力はないのです。今は私もこの子も、ここでじっとしておりましょう。どうせ捕まるのですから、この子を産んだこの柵で、この子と共に捕えてもらいましょう」

一の前のそんな言葉に、使用人たちは男も女も、まるで櫛の歯が欠けるように次から次と柵を離れて出て行った。

安倍一族の拠点の一つ、この鵯の柵へ頼義軍の一部隊が踏み入って来た時、この柵に残っていたのは、一の前とその子千寿丸、そしてその側近くで仕えてきた侍女一人だけ、あとは皆四散した後だった。

踏み入って来た武士どもは、信じられぬことに、この三人を、捕縛することもなくそこから連れ出した。

思いもかけぬ敵の武士たちのこの行動に、一の前は驚いた。一方、武士たちもまた、毅然として抵抗一つせぬ、見れば余りの見目麗しさに、誰もがこの女人とその子を、どう扱うべきか戸惑ったようだった。

　縄目もかけられぬまま連行されて、目の前に引き立てられて来た一の前の余りの美しさに、将軍頼義もまた、驚きを隠せなかった。

　いかにも惜しい、と密かに胸の奥で呟きつつも、だが彼は、その気持ちを振り払うようにこう言った。

「この女御《おなご》は、軍功のあった清原軍の棟梁に、すでに与えると言う約定が出来ておる。ゆめ、粗略に扱うことのないように」

　そして頼義は、密かにひとりごちた。

「成程の、武則めが目をつけていただけあって……」

　引き立ててきた武将は、そんな複雑な面持ちの頼義に尋ねた。

「この卑女《はしため》も、ではこれなる女人に付けてやるとして、この小童《こわっぱ》の方はいかが致しましょうや」

「ふむ……、父親はいずれ安倍一族に近いものではあろう。武則めは、子でもあったら、それも貰い受けると言うておる。つけてやれ」

「しかし……、男児でござりますぞ、よろしいので？」

その問いに、さすがに頼義も一瞬詰まった。が、その後は何事もないように鷹揚に頷き、そして言った。

「構わぬ。此度の戦さ、本来ならば安倍の同族の清原。この頼義のたっての頼みを聞いて、こちらに加担したもの。その清原の願いじゃ、せめて聞かねばこの頼義、寝覚めが悪いというものよ」

頼義の言うのも無理はなかった。この奥六郡の覇者である安倍氏の、一方の有力者である出羽山北の清原氏は、その家柄のつり合いから言って、以前から安倍氏とは妻を娶ったり娶られたりという間柄で、共にこの奥州で生きてきた。それゆえこの度の戦さの際も、当然のことながら、初めは安倍の棟梁頼時と共に頼義軍に立ち向かったのだった。

しかし棟梁の頼時が討ち死にしてからは、陸奥守である頼義の手前を憚ってか、いつしか安倍氏とは距離を置くようになった。が、かと言って、決して表立って安倍氏の敵になろうしたわけではない。

つまりは身の保全のためか、頼時亡き後は、じっと身をひそめるようにしていたのだった。

だが頼義は、その動かぬ清原氏に目を付けて来た。

想像以上の歳月の膠着状態を打開するために、蝦夷の戦い方に慣れた清原氏に膝まで屈し、安倍氏の勢力範囲の今後を清原氏に保証するという言質まで与えて、ようよう味方に引きずり込んだのだった。

　清原氏の加勢なくしては、頼義の今日の勝利はなかったと言って良い。

　しかし勝利してみれば、頼義の屈辱的なまでの密かな清原との交渉の経緯など、今更問題にする武将もいなかった。

　ここで一の前にとって何より幸いだったのは、かき抱く幼な児の、その父親が藤原経清、頼義が憎んで余りあるあの経清であるということを、頼義が気づいていなかったと言うことであろう。もし知っていたら、この幼ない子を、頼義は果たして、かくも寛大に見逃していたであろうか。

　一方、我が子と共に清原に貰われると知って、一の前

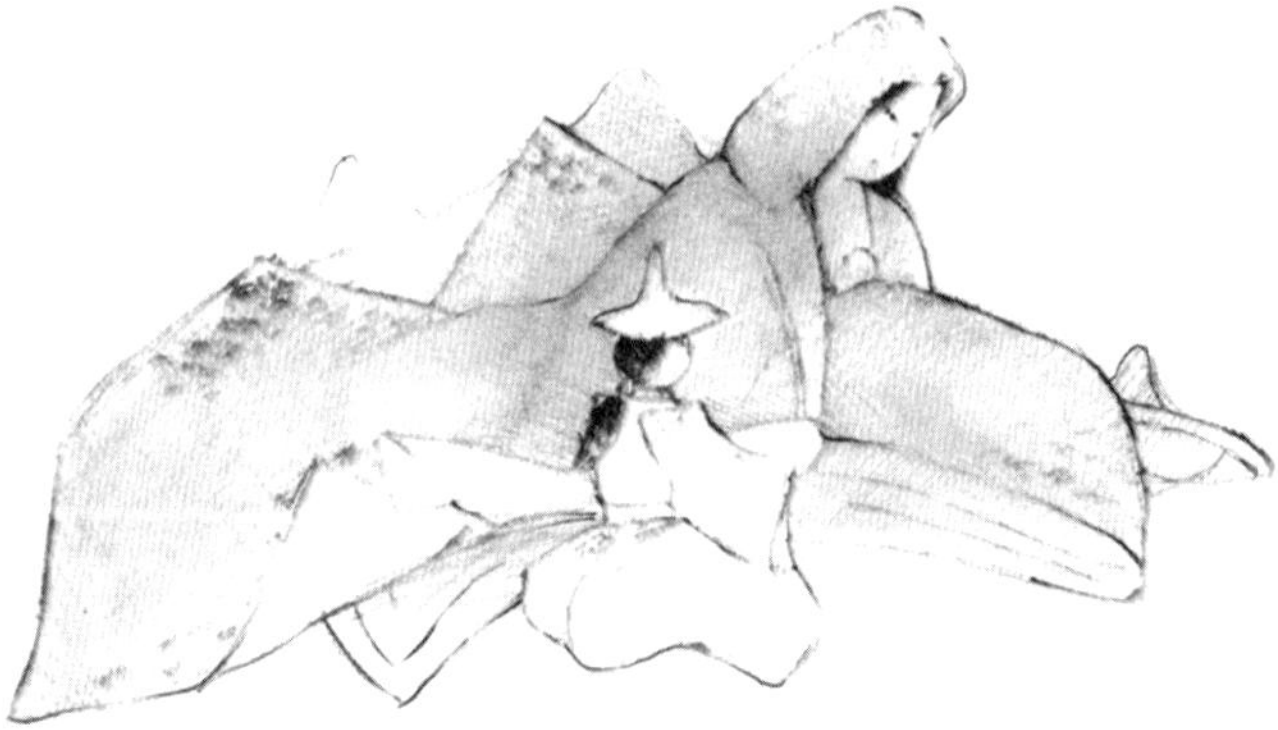

は、深い吐息とともに安堵した。

「この子の命はこれで助かる。御仏の御加護であろうか」

この度の戦では、敵味方に分かれて戦いはしたが、そして安倍軍を滅ぼした憎き相手ではあるが、清原は同じ奥六郡ではあるし、自分たちの祖母様《ばば》の出た里、その上、一の前が慕う兄、宗任の母もまた、清原氏の出と聞かされていた。知らないところではなかった。

即刻子と共に殺されるか、それをまぬがれたとしても、都に引かれて子と引き裂かれるのか、と覚悟していたのは、思いがけず杞憂に終わったのだ。

清原の棟梁は、先年妻を亡くした息子の後妻に、と自分を望んだと言う。

だが彼ら一族が、自分たちの一族を頼義将軍に加担して滅ぼしたのは、紛れもない事実だった。そんな相手の閨に侍る日々を、自分は果たして耐えられるというのか、そう考えると、一の前は気が狂いそうに苦しくなるのだった。

深い濠めざして真っ逆さまに落ちていった弟則任の妻が、心底羨ましかった。

しかし、狂う程の苦しみがあってもなお、この後も夫の忘れ形見を守って共に暮らせるというのなら、自分はそれをやり通さねばならぬ。あとは何の望みがあるというのか、この子を立派に成人させるまで、どんなことにも耐えて見せようぞ、と一の前は覚悟したのだった。

　夫経清の忘れ形見、千寿丸、後には清衡と名乗る男児は、この時まだ七歳になったばかりの童《わらわ》だった。

三

　一の前が貰われて行った清原武貞は、先の妻との間に嫡男をもうけていた。先年元服したばかりで、したがって千寿丸は、この兄とは父も母も違う、全くの義理の仲であった。だが思いがけぬことに、舅の武則は、この年の違う兄と千寿丸を、分け隔てなく遇し、それどころか、千寿丸のことを「御曹司」とさえ呼んで可愛がった。

　それ故この家では、いつの間にか千寿丸は、誰からも「御曹司」と呼ばれるようになっていた。

　そんな千寿丸への待遇を前にして、一の前の萎《しぼ》み切った固い心も、僅かずつではあるが解けて柔らかくなっていくのだった。

一の前はしばしば考えた。千寿丸はこの清原の家で、藤原経清という男を父に持つ子として大事にされているのか、はたまた、自分の出の安倍氏の血を引く子として大事にされているのか……。

そして、おそらくそれは後者なのだ、というのが、いつも行き着く一の前の考えだった。

一の前を引き取った清原一族の棟梁、武則には密かな、内に秘めた負い目があった。

先の戦さの際、共に戦った安倍氏の棟梁頼時を、兄光頼とともに両脇を固めて守りながら、一瞬の気の緩みから流れ矢ごときに当たらせ、討ち死にさせてしまった、という負い目が。

もしあの時、自分たちが気を抜くことなく、しっかり頼時を援護していれば、この度の戦さの結果は今とは別のものになっていたかもしれないのだ。最強の棟梁、と自他ともに認める頼時と共に行動する中で、自分たち兄弟は慢心していた、という後悔がある。

そしてさらに、この奥六郡で、それまで互いに助け合って来た安倍氏を、頼義に屈して遂には裏切った、という負い目も。

しかし、ならばあの執拗な頼義の、飴と鞭をより合わせたような恫喝まがいの要請に、どうしたら「否」を貫き通せたというのか。

自分たちがもし否」を貫き通したら、頼義の牙は安倍から清原へぐるりと変わってきたかもしれないのだ。頼義が目論んでいるのは、この奥六郡の安倍を、そしてさらにはこの清原を、どちらが先であれ、その両者を叩き潰すこと、と武則には分かっていた。だが……、清原一族が頼義についた直接のわけは、実はもっと感情的なものだった、と武則は自分の心の闇に気づいていた。

安倍頼時が棟梁として君臨している間は、何の含むところもなかったのだ。だが、頼時亡き後、清原から嫁した、いわば嫡妻の子である宗任を差し置き、脇腹の子である貞任が、棟梁として我が物顔で振る舞っているのを目にするのは、いかにも不愉快なことであった。

その不愉快の初めは、頼時が不運にも流れ矢に当たってしまった時の、あの貞任の怒り狂い方だった。

自分も兄の光頼も、後悔の臍を噛んでいる折も折、その傷口をさらに押し広げるような貞任の怒り狂い方は、一挙に貞任への憎しみとなって、自分たちの上に蓄積された。

清原とは関係のないこの男に、この後も安倍の棟梁として嵩にかかった振る舞い方をされるのであれば、何故にこの男を積極的に援ける必要があろうか、そんな厭戦的な気分が自分たち清原の側には強くなった。そして徐々にあの戦から身を引き出したのではなかったか。

それを見透かしたかのように、頼義将軍は清原の説得に乗り出して来た。

どちらかが先に潰されるなら、潰されずに生き残って時を稼ぐ、方を誰しも考えるのだ、と武則は、頼義将軍側へついた理由を自分に言い聞かせて、いっときは納得した。

だが実は、首を縦に振りかねている自分たちに、痺れを切らした頼義将軍が、安倍に代わって陸奥の統帥権を清原に、とまで言ったその条件が決め手になった、決して認めたくはないが、それが事実だった。

そして結果、頼義軍と清原軍の連合により安倍一族は潰された。

今となっては、安倍一族に対しては何ら含む所はないのだ、と武則は改めて思い、今はせめて、これまでお互いに妻を娶ったり娶られたりという姻戚関係にあった安倍氏の娘、そしてその血を引いた子を無事に育て上げてやりたい、と考えるのだった。

千寿丸に向ける、それが自分とは直接血の繋がらぬ、安倍氏の血を引いた孫へ向ける、自責と慈しみの混じり合った気持ちだった。

夫となった息子武貞もまた、美しい後妻とその連れ子に対して、先の妻にも優る愛情を注いでいる。それは武則の心を安んじるものだった。

そしてやがて一の前は、武貞との間に、長子につぐ次の男の子をもうけた。

三人の男子は、長子と第三子は父親が同じ、第二子と第三子は母親が同じ、という複雑な兄弟となった。

そんなことの一方、遂に鎮守府将軍の地位に登りつめ、奥六郡で安倍氏に代わる長（おさ）となった清原武則とその一族は、拠点を胆沢城に近い、かつて経清が築いたあの豊田の館にも置き、もとからの出羽の館とを行き来するようになっていた。

この頃が、清原氏にとっても、また一の前にとっても、暫しの平安で穏やかな日々であった。

忍苦の母一の前が、清原一族の庇護のもとで育てた千寿丸が、成長して歴史の表に顔を出すまでは、なお十年ほどの歳月が必要であった。

その間に、どんなことがこの母と子の上にあったのか。

母の願い

一

一の前の夫となった武貞が、落馬という思いもよらぬ事故がもとで亡くなってしまったのは、千寿丸が元服を一年ばかり先に控えていた頃だった。

武貞という、次期棟梁になるべき息子を失った武則は深く落胆し、残された三人の孫が成長するまでの年月を、自分の命も力も続くのだろうかと危惧した。

ようやくにして、あの過ぎた戦乱の余燼も収まり、一族に平安と隆盛がもたらされたと思った矢先のこの不幸に、武則の落胆は傍目にも哀れであった。

だが一族の棟梁としては、何としても対策を講じなければならない。

そこで老いた武則が考えたのは、武貞の弟である武衡に一の前を与え、三人の孫たちの後見にする、ということだった。一の前にとっては三人目の夫ということになる。

一の前の苦悩は果てることがなかった。

藤原経清という夫を殺された後は、とにかく千寿丸という忘れ形見を守るのに必死だった。そのために、自分の一族を滅ぼした清原の嫡子武貞に身を任せるのも、苦しいながらも納得づく、という気持ちもあった。

そして、夫となった武貞は、妻の自分にも千寿丸にも愛情を注いでくれた。

だが、この度は事情が違った。さし当り、今はもう千寿丸の命がおびやかされることはない。そんな中で、昨日まで夫の弟だった男が、いきなり明日からは夫となるなど、一の前には嫌悪感以外の何ものもなかった。

いつとは気づかぬ間に、亡くなった武貞との間には、紛れもない夫婦の情が通い合っていたのだ。

だが、否も応もなかった。一族の長である舅が示したこの道に、今の一の前には従うより道はなかった。この家に縛り付けられた我が身である以上、何処にも逃げ場はなかった。血を分けた二人の子を守る方法はこれしかないのだと、一の前は哀しく納得するよりなかった。

武貞の妻となった時、経清の忘れ形見の千寿丸の無事を願う一念だったと同様（そして舅は千寿丸に今日まで愛情を注いでくれた）、今は、武貞の忘れ形見もあった。守らねばならぬ者は二人になっていた。

そんな中で翌年、千寿丸は義父となった武衡が烏帽子親となって元服し、「清衡」となった。「清」の一字には、一歩間違えば切られるところを救ってくれた清原への恩の気持ちか、あるいは実父経清の一字だったか。そしてもう一字は、これは間違いなく後見人の義父の武衡の「衡」。こうして清原一族の御曹司、清原清衡は誕生した。

ならば、ということで長子もこの時を機に「真衡」と改名、そして清衡のずっとあとに元服した弟も「家衡」となり、三人共に義父武衡の一字を嗣ぐということになった。


無事に元服の儀を終えたあと、清衡は久しぶりに母一の前の居所を訪れた。

正直のところ清衡は、三番目の父、清原武衡をどうにも好きになれなかった。子どもの頃から共に過ごした二番目の父との間には通い合うものがあり、義父武貞も義祖父武則も、自分を兄真衡と変わることなく遇してくれた。

が、武貞のあと義父となった武衡は、真衡、家衡兄弟と自分とを明確に区別して扱うと、いつも肌で感じてしまうのだった。

清原の血を引かぬ清原の息子に、義父武衡の目は冷たかった。

それを様々な折に嫌でも感じてしまうから、清衡は常から、努めてこの義父の目を避けて過ごすようになっていた。

そんな中でもどうにか無事に元服を迎えられた。母にも報告をかねて挨拶にあがらねばなるまい、そんな気持ちの、気の重い母の居所訪問となったのだ。

七年の余を清原で過ごし、無事に元服した清衡の姿に、母一の前は肩の荷を下ろしたように言った。

「頼もしい殿御になられて、この母、これに勝る悦びはありませぬ。亡き父御にもこのお姿、ひと目お見せしとうござりました」

万感込めてそう微笑んだ母を、相変わらずお美しい、と清衡は眩しい思いで見つめた。兄の妻であった頃から、母のことを憎からず思っているらしいという噂のあった弟、今の義父武衡の想いもむべなるかな、と思えた。

そしてそれが、義父武衡を心の内で嫌悪する一因、でもあるのだと、清衡は自分でも薄々感じているところがあった。

母の言葉に、照れを隠したように作り笑いをして清衡は言い返した。

「ふむ、亡き父御とは、首を切られた父御と、落馬された父御、母御はどちらのことを……」

言われて一の前は、初めて気が付いたように、驚きの表情になって言った。

「あれまあ、確かにの、そなたには立派な父御が二人おいでじゃった」

それから一呼吸、一の前は笑顔を作って言った。

「そなたをお生み下されし父御も、お育て下されし父御も、ともに大切な父御じゃ。そなたの命が今日まであるは、まこと二人の父御のお蔭」

「はい」

「何の屈託も苦労もなかった娘の頃には、思いすら出来なんだこんな茨の道を、躓きながらも生きて来られたこの私の、真に生きがいになってくれたのは、他でもないそなた。この上、弟の志藤丸が無事に元服を迎えれば、もうこの母に思い残すことは何もありませぬ」

「ふむ、ならば私と志藤丸とで、まだまだ母御にご苦労をおかけして、死んでも死にきれぬ、というお気持ちにして差し上げねばなりますまいの」

「何を御冗談を」ひとしきりそう笑った後で、一の前は急に言葉を改めた。

「それはさておきましての……」

その母の様子に、清衡は何か常ならぬものを感じ、居ずまいを正した。

「は？　何か……」

「……のう、清衡殿」

と、母は少し口ごもった後で、思い切ったように言った。

「わらわの父御や兄弟たち、そしてそなたの父御が切られて、あるいは捕えられて送られた都、その地を一度で良いから訪ねて回向したい、それがわらわの長い間の願いであった」

余りに思いがけぬ母の言葉だった。

「したが、我ら一族を頼義軍と共に滅びに追いやったこの清原に、こうして囲われた身になったからには、そんなことは、一度として口には出来ませなんだ……」

自分という子のために、ただひたすらに耐え忍び、与えられた道のままに生きて来たとばかり思っていた母が、その胸の奥底に密かに燃やし続けていたものが……。

そう気づいて、清衡は胸を衝かれた。

清衡は言った。

「それが母御のたってのお望みならば、成人したこの清衡、必ずお連れしましょうほどに」

その言葉に、一の前はゆったりと穏やかな笑顔を作って言った。

「何と有難く心強いお言葉じゃ。したが、わらわはもう老いて、この通り足元もおぼつかぬ。長の旅路は……」

「そのようなことはございませぬ。この清衡が背に負い申してでも……」

「それにの、今はまた、武衡殿という夫もいて身動きならぬ身。もしも、そなたがわらわに代わって都に行き……」

皆まで言わせず清衡は応じた。

「分かった、分かり申した。私は母御のご恩にお報いせねばなりませぬ。早速に都に行き、戻りましたら母御にその一部始終をお伝えしましょうほどに」

清衡は、義理の祖父と同じように慈愛深かった義父の武貞が亡くなって以来、全く血の繋がりのない兄真衡や、後見人となった叔父、今は義父となった武衡との間で、何がなしの息苦しさを感じつつ過ごしていたところだった。それゆえ母の言葉は、それこそ渡りに舟、という気持ちだった。

善は急げ、早速に旅支度にかかります、という清衡に、母は悦んだ。

二

数日の後、一の前は改めて自分の居所に清衡を呼び寄せた。

そこで「路銀の足しに」と言いつつ目の前に差し出されたもの、に清衡は目を剥いた。

そこに用意された、想像をはるかに超える多額の「路銀」に、言葉もなく驚く清衡に、母は静かにこう言った。

「父も兄弟も皆この地にはなく、安倍の一族のものを密かに引き継いだのはこのわらわじゃ。兄の宗任様は、戦のさなか、滅びる安倍を予見したか、わらわにおっしゃった。良いか、向後安倍のものは、女人のそなたに託し置く、と」

「都に引き据えられて行ったという、伯父君、宗任様が……」

「それ故、これしきの費用、何ほどのこともありませぬよ」

さらに母はこうも言った。

「西も東も分からぬ都じゃ、無事に着いたら、橘公家《きみいえ》という御方をお訪ねなされ。この御方なら、必ずやそなたの力になって頂ける」

「そのような御名、初めてお聞き致します」

「さもありましょうの」

「その橘公家様とは一体どのような御方なので？」

「そなたは幼い童であったゆえ、橘様ご一統については、存じ上げぬのも無理なきことでございまする」

そう言った後で、一の前はかいつまんで橘一統について清衡に説明した。

「父安倍頼時が、まだ頼良と言っていた若い時分のことじゃ、陸奥守となってこの地に赴任なされた橘則光という御方がおられての、この御方は任が果てても都へは戻らず、胆沢城の南、そう、わらわ達が育った衣川のすぐそばに、そのまま居を構えて住み着いてしまわれたのじゃ」

初めて聞くそんな話に、清衡は我知らず膝を乗り出した。

「での、その後、父頼良との話し合いの末、橘様一統は、蝦夷地交易市に参入しようという都方の、さまざまな品物の総元締めとなられた。それ故、それからは都への移出物品、例えばほれ、駿馬や砂金、陸奥の漆や海藻など、それらを都方へ捌く利権も手に入れられた」

ふーむ、と清衡は頷くばかり。

「そんなことで、我ら安倍一族と橘様一統は長年にわたって身内同様、と言っても良いほど親しい関係を保って来たのじゃ」

「そういう関係にあった橘様一統が……」

「そうなればこそ、鶫の柵に残ったわらわとそなたを案じて下さり、頼義軍に捕えられる前にいち早く、清原に引き取るよう、密かに計らって下さったのでござりますよ」

「そのようなことを、よく頼義将軍が……」

「さようでござりますの。ほんにまあよく敵方の将軍が。ですが、そのため橘様は、頼義将軍から大きな怒りを買ったとか」

「さもありましょう」

そう頷いたのも無理はない。母のように美しい女人を、敵方の将軍が、わけもなく手放す筈はない、と息子の目から見ても思うのだ。

「私は夫の武貞殿から、橘様という御方がおらねば、そなたは間違いなく頼義将軍の囲い者になり、御曹司はその正体を暴かれて首を刎ねられただろうと、後々になって伺いました」

「そんな恩人がおられたとは……」

自分の命を繋いでくれた、そんな人の存在がここにも……。初めて聞くその驚きと共に、元服を終えたばかりの十五歳の清衡の胸は膨らんだ。

母は言ったのだった。橘公家様というのは、陸奥に残られた橘様の、都におられる御身内の方、きっとそなたに力を貸して下さりましょうぞ、と。

母一の前のその話で、未知の地へ旅立つという清衡の、何がなしの不安のあらかたも、雪が解けるように消えていった。

祖父武則の許しを得た後、母に長の暇《いとま》を告げる挨拶をして、清衡は僅かの供を連れ、やっと雪の融け出した、春まだ浅い陸奥の地から旅立った。

都への旅は、ひと月を優に超える長いものだった。

初めての旅、都の香り

一

都は折しも爛漫の桜の季節だった。まだ白い雪をもっこりと抱く山々を仰ぎつつ出立した清衡一行にとっては、花咲き乱れる都はまこと、匂い立つばかりに美しく、そこで見るもの聞くもの、陸奥の奥地とはまるで違う、初めてのことばかりだった。

若い清衡は、ただただ目を丸くして驚く毎日だった。

なかでも清衡の心を強く揺さぶったのは、金堂に見上げるような立派な仏像を安置する大寺の数々だった。

これらの荘厳な寺々の様に接して、清衡の脳裏には、一瞬にしてある記憶が蘇った。

幼い頃、あれは山桜がはらはらと散りかかる、芽吹いたばかりの若葉の美しい季節に、母に連れられて参った、あの国見の山の寺々のことだった。

安倍氏隆盛の頃、北上の大河と和賀川の落ち合う洲に、安倍氏の拠点の一つ、黒澤尻の柵が築かれていた。そこは母の弟である五郎正任が守りを固めていたのだが、その北上の大河のちょうど対岸に国見のお山はあった。

そこには当時、数え切れぬほどの寺坊が群れ建っていた。

山の中腹の辺りから眺めたその壮大な光景に、幼い清衡が驚いていると、母は笑いながら教えてくれたものだった。

「ここにはの、全部数えたら七百を超える数の寺々がござりますのえ」と。

宝塔山、大日堂、五重塔、講堂、三間堂、経蔵、阿弥陀堂、十三堂、極楽寺、毘沙門天、釈迦堂、等々、等々、母とその侍者たちは、次々と建物を指さしては名前を言ったが、幼い清衡には到底覚えられるものではなかった。

そしてその山頂には、大悲閣という一段と大きな建物があり、そこには母たちの叔父君にあたる良昭師という偉い僧がおいでになり、安倍一族の者たちの教育の場となっているのだと、傍らの侍者は説明した。

良昭師は、幼い頃から比叡山にのぼり、四十年修業したという僧だから、この師の薫陶を受ける安倍一族の者たちの学識教養は、都びとにも決して引けを取らぬ筈、と母は言った。

当時千寿丸と呼ばれていた幼い清衡は、それを聞き、いかにも幼い疑問を口にした。

「母様、何故こんなお山の奥に、こんなに多くのお寺を建てたのですか」

その幼子の疑問に、母は丁寧に答えてくれた。

「千寿丸、そなたの父君である藤原経清様は、都の藤原一統に繋がる御方。そしてこの母の父もまた、その元は、都の安倍という家の一統に繋がる者たち。我らの御先祖様はの、京からこの奥州に赴任、そのままこの地に住み着いて以来、都で広まっていた御仏の教えを、この陸奥の地にも広く行き渡らせたいものと考えられたのじゃ」

ふうん、と頷いた千寿丸に、母は続けた。

「での、我らの御祖父様は、息子の一人、つまりそなたの御祖父様の弟君を、幼いうちから、都に近い比叡山という御仏の教えの場に修行に出されたのじゃ。それが先程お話に出た良昭師のことなのですよ」

ふうん、とまたもや千寿丸は頷くばかり。

「良昭師が長い修行を経てこの地に戻られて、ここにはあのように御仏の寺が群れ建ち、陸奥における御仏の聖地になりました」

そしてさらに、母は言い添えた。

「そなたもこの母から生まれて、早五つの齢を重ねる。来年あたりからはしげしげとこの国見のお山を訪れ、安倍一族の者として恥じぬよう、しっかり学ばねばなりませぬよ」

だが、長引く戦さの中で、母のその願いはかなわぬまま、安倍一族は滅び、寺々の多くは頼義軍の手によって灰燼に帰してしまった。そして清衡は母と共に清原の拠点、出羽の地に移り住む運命となった。

そんなことだから、清衡が国見のお山を訪ねたのは、あの幼い日のただ一度だけ、だからその記憶は、長じるに及んで、いつの間にか清衡の中で薄く霞んでしまっていた。

いま都の寺々をたずね、金色《こんじき》に輝く仏像に額づき、先年の長い戦さの果てに非業の死を遂げた、一族の者たちのために祈っていると、失われてしまった陸奥のあの国見の広大な寺域が、あの山桜のはらはらと散る明るい春の日が、その胸に蘇り、清衡の心はふつふつと清浄で安らかなものに満たされた。

母御にも、再びこの想いを抱かせて差し上げたいと、清衡は心から思った。

そんな日々の中で、ある一日、清衡は京の都から平城の旧都まで足を延ばした。心からの親切を持って都での清衡を支えてくれている橘公家から、ぜひにと勧められて、興福寺を訪れるためだった。

そしてこの御寺に参拝したのが契機となって、清衡は重大な決意をその胸に抱くことになったのだ。

二

興福寺は、都に一大勢力を誇る藤原氏一統の氏寺である。その末裔に連なる清衡に、ぜひ一度は参るようにと勧めたのは、橘公家だった。

その言葉を、清衡は実際にこの寺に参って納得した。

五重塔を擁した広大な寺域のどの堂宇にも、これでもかという程に、燦然と輝く大きな仏像が安置されているのだった。

その中で、金堂の薬師如来像を拝し、何気なくその右手前方におかれた、さして大きくない瀟洒な卓の上に目を落とした時、そこに広げられたまま置かれてある書物のようなものに、清衡の目は吸い寄せられた。

それは、よくよく見れば、この寺を建立するに当たっての、藤原一統の奉加名簿のようだった。それの、たまたま広げられてあったその紙面の中の「経清」という一行に、清衡の目は釘づけになったのだ。

胸の動悸を押さえられぬままに、そっとその書の綴りを手に取り、表紙を見ると、果たしてそれは、永承元年（一〇四六）に焼失の憂き目を見たこの興福寺を、翌年造営するにあたって割り当てられた再建の、奉加帳ということなのだった。

寺は、二年後の永承三年の春に落慶法要をしたのだという。

おそらくは何百行にわたって書き連ねられているだろう、寄金を寄せた藤原一統の人々の名。その中の一行に、確かに父の名前はあった。

いつも留守で、顔もよくは覚えていない父。だがそこに記されているのは、紛れもなく、確かに自分の父親その人の名前だった。「六奥《むつ》」と書き添えられているのが何よりの証拠、と清衡の胸は高鳴った。

陸奥に赴任していた父は、陸奥から産する砂金を、この寺の建立にあたって献納したに違いない。きっとそうだ……。

それは清衡の中で、いまの陸奥の地で清原の名を持った自分と、藤原という父の名、そして黄金を産する陸奥の地が、太い一つの輪になって繋がった瞬間だった。

衝撃の大きさに頭の中が混乱したまま、寺を辞すためにふらふらと歩いていた清衡は、たまたま境内で一人の僧に出会った。彼は思わず懐に手をやり、砂金の小さな袋を取り出して、名も告げずにその僧に差し出した。

僧は驚いたようにその砂金の小さな袋と、清衡の顔を見比べていたが、やがて穏やかな声でそっと尋ねた。

「この袋はもしや砂金の？　とすれば、貴方様はもしや、はるか陸奥の地からでもお参りに……？」

その問いに清衡が訝しんでいると、僧は言った。

「いや、この御寺建立の際、陸奥から寄進された砂金が、御寺の基壇（基礎となる部分）

にしっかりと埋め込まれましたゆえの。さては陸奥からのお参りかと、不躾なお尋ねをしてしまいました…」

まことに自分は六奥の、あの奉加の綴りに記載されている六奥の経清の遺児…そう告げたいのを懸命にこらえて、清衡は逃げるようにそこを辞した。

そして道々思った。母御に、興福寺にも参り、こうして父の供養をして来たと伝えようと。母は砂金の小袋と聞いて、笑い呆れるだろう。

京の街からこの寺に来る時、懐にもっとたくさんの砂金をしのばせて来なかったことを、清衡は激しく悔いた。

いつの日か、失われてしまった陸奥のあの美しい国見のお山に代わって、再び陸奥の地に、自分もこのように立派な仏の寺々を建てて、母の一族や父、それだけでなく、戦さに巻き込まれて命を落としたすべての人々の供養をしてやりたい、必ずそれをしてやろうと、京へ戻る道々、清衡は考えていた。

そしてさらに、自分はやはり藤原一統の、経清の子なのだ、いつの日か清原ではない藤原の名を名乗る、いつかは分からぬがそうしようと、その思いを新たにしたのだった。

三

清衡の都への滞在は一年余りに及んだ。

早く陸奥に戻って、都で見聞きしたことを残らず母に報告してやりたいと思うかたわら、都で見聞を広げたいことはまだまだ山のようにあり、その興味は汲めども尽きなかった。

特にも、陸奥では見たこともないような荘厳で広大な寺院の数々、そしてその堂宇に祀られている黄金の諸仏に、若い清衡は刺激を受けた。

黄金を産する陸奥の地にこそ、このような寺を、そして御仏をと、その思いは日を追って強まるばかりだった。

天皇のおわす御所を中心に、縦も横も、まるで桝目のように整えられた都の通りの様子も、清衡は初めて目にするものだった。山あいの、あるいは崖を、あるいは大河を背に、堅固な防御の柵を築き、その柵のまわりに、田畑を耕す僅かな集落が出来ている陸奥の多くの地から見ると、京の都はまるで見たこともない、海の向こうにでもある国のように思えた。

こんなに人々で賑わう大きな集落を陸奥にも、……何を見ても経験しても、若い清衡の吸収は一途だった。

だがふと我に返ると、清衡は苦笑交じりに我が身を省みるのだった。

自分は、いまは清原の人間、しかもその棟梁は武貞の長子である真衡なのだ、仮にも自分にそのような日々が訪れるのは、夢のまた夢、ではないのかと。

一年余りを経て陸奥へ戻った清衡を待っていたのは、義理の祖父が決めた自身の婚儀だった。相手は真衡の妹。清衡とは直接は血の繋がりはないとはいえ、つい昨日までは姉と呼んでいた、かなり年上の妻である。

否も応もない。婚儀は氏と氏との強力な結びつきの手段そのものである。

今後長ずるにしたがって、清衡が何人の妻を娶ることになろうと、それらの多くはこうして結ばれてゆくに違いないのだった。

現に自分の母の歩んで来た道も……、男も女も、こうして生きてゆくのだと、そのことに疑問をさしはさみようもない若い清衡だった。

七歳からを清原一族の中で育ち、清原の女性を娶った清衡は、こうして清原氏を支えていくための強力な一員となるのだった。

妻を娶ってからの清衡は、かつて父経清が築いた豊田館を、その拠点とすることになった。

そんな清衡に、出羽の地にとどまっている母、一の前は、ある時しみじみとした調子でこう言った。

「今の母には、もうそなたに申し上げるべきものは何もありませぬ。そなたは都に上り、我が安倍の一統の供養もして下された。有難さでいっぱいでござります。したが、ただ一つ……」

そこで母は、少し口ごもり、言い淀んだ。

清衡は穏やかに応じた。

「興福寺なる御寺への寄進のことでござりますか。そのことならばご心配には及びませぬ。近い将来、きっとさらに……」

「いいえ、それはもうよろしいのですよ。そなたが懐に持った砂金の袋を御寺の僧に差し出した。よくぞそのように気がつかれたと、母は嬉しいのです。その多寡がどうこうではありませぬ。懐に持ったものを御仏に惜しみなく差し出した、そなたのその姿をご覧になられて、御寺の天上におわすに違いない父君も、どれほど悦ばれたことでしょう」

「…………」

「それにの、それに劣らず嬉しく思いましたのは、捕われた兄宗任様のお話。よくぞ兄君は都びとたちの前で、そんな御歌でご返答なされたと。そなたが持ち来たって下された、それこそは私への、何よりの土産にござりましたよ」

宗任様のお話、と母が言うのは、都に在った日、親身に世話をしてくれた橘公家から、清衡が伝え聞いた話のことだった。

母の願いのことを、話の徒然に清衡が公家にした時、彼は言ったのだった。

「宗任様はの、捕われの身でありながら、陸奥のお人の高い教養をさらりと披瀝なさり、居並ぶ殿上びとたちを驚かせましたのじゃ。都じゅうは、暫くはその話で持ちきりになり申した」

その話というのは、こんなことだった。

都に連行され、引き据えられた陸奥の蝦夷の姿をひと目見んものと集まった殿上びとの一人が、捕われの宗任の鼻先に、満開の梅の一枝を突き付け、からかいを込めて言ったという。これは都に咲く高貴な花、北の果ての蝦夷は見たこともなかろう、どうじゃ、と。

その問いに、泰然として宗任は答えたと言う。

――日の本の梅の花とは見たれども大宮人は何と言ふらむ――

即座にそう歌で返した宗任の、いや陸奥びとの、思いもかけぬ高い教養。枝を鼻先に突き付け、高慢にも乱暴な言葉を投げかけた男はすっかり顔色をなくし、気まずくそこを退がって行ったのだという。

母一の前は、この話をことのほか悦び、聞く度に言うことは決まっていた。いかにも兄君らしい、安倍の者たちは皆、あの国見のお山におわした良昭師から、決して都びとに劣らぬ薫陶を頂きましたゆえの、と。

清衡はそこで、それとなく話を戻すようにして尋ねた。

「ははは っ、ならば、で、ただ一つとは、母君はほかに何を……」

「はい……」

再び母は口ごもった。

「何なりと、どうぞご遠慮なく」

「はい、では……、思い切って申し上げまする。そなたも知っての通り、先の戦さでは私の父頼時をはじめ、兄弟である貞任、宗任、正任、重任、家任、則任などは残らず討たれたり捕えられたり、ということになりました。ですが女たちの中には、私と同じようにこの陸奥の地で、ひっそりと生を繋いでいる者もおりまする」

「はい」

「その中に兄宗任様の娘御も。そなたには従姉妹にあたる媛御……」

「それはまた、初耳のことで」

そこで、と一の前は、少し声をひそめた。

「わらわの大好きだった兄上、宗任様のこの媛御、時が許したらそなたの妻の一人に加えてはくれぬかと……。これはこの母の遺言と思うて下され」

「御遺言などと、お気の早い」

「清衡殿、そなたは安倍の血を引いて生き残ったおのこ、そのそなたには、さらに安倍の血を受け継いだおのこを残して貰いたい、それがこの母の願いなのです。ですが、清原の媛御を娶った今は、いかにもその時期ではありませぬ。それゆえ、時が許したら、と今から言いおいておきたいのです」

「…………」

「こんなことを突然申す母に、戸惑うのも無理は……」

「いいえ母君、戸惑いなど、微塵もありませぬよ」

「したが、これはこの母の、勝手な……」

「母君のお言葉、己が胸に、必ず時が来たら、としまいおきます。今日まで、この清衡の命を長らえるために、耐えがたき事すべてを耐え忍んで来られた母君のお気持ちは、この清衡の気持ちでもあります。何もご心配召されますな」

その清衡の言葉に、一の前は、瞼から零れ落ちる滴を拭きもせで言った。

「やれ、有難や。生き残り申したこの私、あの世で逢うても、これで父君や一族の者たちに顔向けが出来ますする」

藤原に嫁しても、清原に嫁してもなお、自分を生み育て、そして滅び去った安倍へ心を残している母。女人の心の内とは、誰によらずこういうものであろうかと、清衡は胸を衝かれた。

父経清の、そして義父武貞の恩を忘れるなというのが、子である自分への口癖になっている一方で、実は母の胸の奥の奥にあるものは……。

だがそれは、置かれたこの位置では、どこに向かっても決して口に出せるものではない筈のものだった。

安倍の一族が滅び、夫も討たれてから、孤立無援の中で、ただひたすら子であるこの自分の命を守ろうとして生きて来た母。いつも自分の前に立ちはだかってくれていたその母の、今日は何と小さく、心もとなく感じられることかと、清衡は愛おしさと哀しみの目で母の涙を見つめ続けた。

清衡がそのように過ごしている間に、清原一族の棟梁の座は、亡き武貞の長子、真衡に受け継がれた。

そして安倍氏なき今、清原の権力は強大なものとなり、真衡は出羽や奥六郡においては「これ皆従者ばかり」という様相になった。真衡はその力をさらに強大なものにしようとして、勢力の拡大を図って行った。

だがこの真衡には、何人妻を娶ってもどういうわけか子が授からなかった。そこで仕方なく真衡は、養子を迎えることを考え始めたのだが、血の繋がらぬ弟の清衡は論外としても、末の弟家衡はまだ妻も娶らず、従って子もない。これを養子に、と考えるのが順当、とは誰しも考えることだったが、何故か真衡にはそのような素振りは見えなかった。

かと言って「これ皆従者ばかり」の地元では、もはや釣り合うだけの家柄も見当たらない、という状況だった。

ということで、真衡が白羽の矢を立てたのは、海道平氏の子、小太郎という若者だった。

海道平氏というのは、もとをただせば出羽の清原の祖とも言われる一族である。これを迎え、小太郎は成衡と称するようになった。

そしてその妻には、源頼義将軍が常陸平氏の嫡流である多気宗基の娘に産ませた娘、を迎えるという、これまでの清原では、誰も考えたこともない、例のないことずくめのこととなった。

真衡は今やそのように、陸奥にはその名有りと言われるまでになり、するとおのずからその態度も、日増しに尊大なものになって行った。

清原氏の内紛

一

清衡は二十八歳になった。

清原から娶った妻との間にはすでに二人の子があり、それなりに平穏な日々だったのだ

が……、
そんな中で事件が起こった。

永保三年（一〇八三）、清原氏一族で、清衡の、いまは亡き義祖父である武則の甥、そして武則の娘婿でもある吉彦秀武《きみこのひでたけ》いう老将が、清原の本拠地である出羽で突如反旗を翻すという、有り得べからざるようなことが出来した。

出羽は騒然となった。

これには原因となった出来事があった。それは棟梁の真衡が、養子の成衡に妻を娶るための婚礼の準備のさなかに起こった。

この清原の老将、吉彦秀武は一族の慶事を悦び、鎮守府将軍となって国府多賀城に寄っていた真衡の元へ、はるばる出羽の地から祝いに馳せ参じた。

広大な敷地を持つ国府は、なだらかな長い坂道を登った丘陵地にある。

その坂道の中腹にある衛兵屯所で誰何されて馬を降り、そこからは従者とともに、二人の若い衛兵に付き添われて大門に昇って行った。

そして彼は、衛兵に案内されるままに真衡の居所へ向かったが、そこに真衡将軍は現れず、応対に出た従者が、邸内に招じ入れることもなく、そのままそこから外をまわって居所の庭に案内した。庭に面して庇の下に広縁があり、その奥の座敷に真衡の姿はあった。やむなくそこで吉彦秀武は、折敷にうず高く盛り上げた砂金をうやうやしく捧げ、この度の婚礼の祝いを述べた。

だがその時、真衡は、たまたま日頃から親しくしている近くの寺の法師と囲碁に興じている最中だった。

彼は秀武の祝いの口上に、碁盤に目を落としたままで「うむ」と生返事を返したきりで顔も上げなかった。いかにも囲碁に熱中している様子で、「ようおいで下された」でもなければ「ささ、おあがり下されと」でもない。

第一顔も上げないのだから、庭先に片膝立てているのが吉彦老将だと言うのさえ気づかぬさま、それでも武骨な老将は、折敷を捧げたまま片膝を折り、棟梁である真衡が、顔を上げてねぎらいの言葉を掛けるのをじっと待った。

だが、幾ら待てども真衡は囲碁を中断する様子がない、どころか、いつまで経っても老将の方へ一瞥とてくれようとはしないのだった。

やがて、折敷を捧げ持つ腕の疲れと、これまで一族の誰からも受けたこととてない屈辱感とで、遂に老将の堪忍袋は切れてしまった。

突如、彼はその場に折敷を放り投げた。

砂金は庭一面に散らばり、陽の光を受けてきらめいた。

「この吉彦秀武、この齢《よわい》になる今日まで、これほど比類なき恥辱は蒙ったことがない」

その一喝とともに、老将は土を蹴立てて踵を返した。

その怒り狂った怒声に、初めて真衡は顔を上げ、何事ぞ、というような目で老将の後姿に目をやった。

何事が起きたのか分からぬほど囲碁に熱中していた、というのは余りにもお粗末な話、おそらくは、先の合戦でも功の有った一族の老将といえども、もう真衡には部下同然の、痛くも痒くもない存在、それほどに驕りが嵩じていたということであろう。

老将、吉彦秀武は怒りのままにまっしぐらに本拠地である出羽に取って返し、そして真衡を討つべく準備を整えた。

先の戦さには、棟梁であり妻の父でもある清原武則を援け、軍功もあげたという自負もある。武則の孫である真衡の今日あるについては、自分も少なからず貢献しているはずだ。そんな年長の自分を、邸にも招じ入れぬばかりか、庭先に控えさせたまま一顧だにしなかった真衡の態度は、決して許されるべきではない、あんな男が棟梁では、この先の清原が思いやられる。老将の心はただその一念になった。

老いの一徹さ、を顧みなかった真衡に、これは天が与えた鉄槌だったのか。

秀武はすぐさま江刺豊田の館の清衡、それにその弟の家衡にも働きかけて、連合を組もうと誘いをかけた。

清衡は戸惑いを隠せなかった。自分としては何の遺恨もない、そして恩ある武貞の、その長子である棟梁、これに刃向かうことは許されるのか……。

さらに母一の前の気持ちも思った。もし自分と弟家衡、母にとってはどちらも血を分けた子が、万が一にも敵味方に分かれることがあれば……、と。

熟慮の末に清衡は決断した。兄真衡と同じ父親を持つ家衡がこれをどう考えるか、まずはそれを知ることが先決、自分は家衡と行動を共にする、それが一番母を悲しませぬ道であろう、と。

その家衡は、子のない兄真衡が、清原の血を引く弟である自分を後継者と考えぬばかりか、次第に嵩のかかった態度で、弟をも一介の部下としてしか見ぬ態度を取るようになった事に、日ごろから反発を強めていた、そう言い放って清衡を驚かせた。

そして彼は、迷う様子一つなく、秀武に組すると言った。

血の繋がっている齢の離れた弟を後継者にせず、わざわざよそから嫡子を迎えた兄に対する家衡のそんな気持ち、清衡はそれを、これまで深く考えて見ることもなかった。

結果、この一族連合に包囲されることになった真衡は、出羽と陸奥の両方で戦わねばならないことになり、そのため、清原の軍勢の殆んどを掌握しているにもかかわらず、思いもよらぬ苦戦を強いられることになった。

戦さは一進一退に陥った。

二

再び戦乱の渦になった奥羽地方に、永保三年（一〇八三）秋、都では源義家を陸奥守として送った。あの、安倍一族を滅ぼした頼義将軍の嫡子である。

だが皮肉にも義家を送ったことが、先の九年にわたった合戦同様、再び陸奥に大乱を引き起こす元となってしまった。

赴任してきた源義家に、早速に真衡は援軍を請い、出羽への作戦に全力をあげた。その結果、真衡は巻き返しに成功したのだ。

形勢は一転、真衡は著しく有利となった。

それに対して吉彦秀武と弟家衡は、あくまでも徹底抗戦の構えだった。

だが清衡の考えは違った。京の都に一年の余を滞在してきた清衡は、あの素晴らしい都を作り上げた人々が後ろについているからには、これ以上対抗しても勝ち目はないのだと考えた。

清衡は家衡を説得し、降伏して義家に許しを請う事を提案した。

だが叔父の吉彦秀武同様、頑固なところのある家衡は、初めはどうでも抗戦を言い張って譲らなかった。

やむなく清衡は、それなら自分だけでも降伏する、と告げた。その言葉に家衡も、終いには不承不承降伏を受け入れることになった。

義家は、潔く降伏して来た清衡の人柄に感じ入った。

一方、陸奥で勝利した真衡は、続いて秀武を討つべく、勇躍出羽に向けて軍を進めた。が、そこで思わぬことが起こった。

出羽への途上、突然の病で真衡は急死してしまったのである。

これによって、またも事態は一変した。

清原氏の子として残された清衡と家衡、母が同じで父が違う二人。義家はこの二人に、清原の勢力圏である奥六郡を、二つに分けてそれぞれ与えるという裁定を下した。

すなわち、鎮守府胆沢城を含む南の地、胆沢、江刺、和賀を兄の清衡に、北の地、稗貫、紫波、岩手を弟家衡に、というものである。

思わぬ形で、義家は陸奥での清原勢力の分断に成功した。二分された勢力の上に君臨するのは、陸奥守である源氏の自分。

かつてそれをたくらんだ父頼義の野望はここに叶った、かに見えたが、事はそう簡単には収まらなかった。

このことが、清原氏一族の争いの、また新たな火種となったのだ。


陸奥守源義家の裁量に、弟の家衡は不満を隠せなかった。

兄清衡の三郡の方が明らかに豊かな地だったたからである。

兄とは言うが、清原武則鎮守府将軍から続く直系の血筋はまさに自分、兄清衡は、清原で育ちはしたが、祖父の血も父の血も引いていない、もともとは清原とは別の人間。

兄真衡亡き今、清原の棟梁こそはまさしくこの自分……。

その家衡の不満の火に油を注いだのが、叔父であり今は義父である武衡だった。武貞亡きあと、その三人の子の後見人となってきた武衡は、清原の血を引く家衡こそが真衡のあとを継ぐ棟梁たるべきで、奥六郡は当然家衡一人が継ぐべきもの、と言い募った。

それに勢いを得たものか、兄の清衡憎しの一念になった家衡は、あろうことか、密かに清衡の謀殺を企てた。

僅かの部下とともに、出羽から豊田館へ向かう途上で襲われた清衡は、家人の機転ですんでのところで難を逃れることが出来た。

この家人が、偶然耳にした家衡のたくらみの情報を、事前に清衡に伝えて注意を促してあったからだった。

そんなことで家衡は、この時は兄清衡の謀殺に失敗した。

だがこれで家衡が諦めたわけではなかった。

驚くことに、次には公然と兵を引き連れ、清衡の拠点、豊田館を襲ったのだ。

当主清衡の留守にふいの襲撃を受けた一統は、為すすべもないまま、妻子に至るまでことごとく殺害されてしまった。

再び難を逃れた清衡は、家衡のこの急襲に慄然とした。妻は家衡の姉である。それさえも手にかけた家衡の振舞いに、清衡は言葉もなかった。

清原の血を引かぬおれがそんなに憎いか。何故に二人で力を合わせようとはしないのか。我ら二人の母もそれをこそ願っているはず。

だが、ここで弟の挑発に乗って戦い、二人が共に倒れることがあれば、安倍氏以来のこの奥六郡は一体どうなるのか。みすみす都の勢力に飲み込まれてしまうだけだ。この地は、この陸奥の地は、陸奥の者で守らねばならぬ……。

滅ぼされた者の悲哀を骨の髄まで染み込ませ、母とともに生きて来た清衡には、弟である家衡と弓矢を交えるという選択肢はなかった。

そこで清衡は、陸奥守義家の裁量を再度願った。

自分の下した裁量に不満を持ち、武力に訴えた家衡に、義家将軍は怒りを顕わにして、家衡追討の公布を朝廷に願い出た。

そして、陸奥守である自分に公然と異を唱えたからには、朝廷から追討の許しが出るのは当然とばかりに、その許しを待たず、兵数千をもって家衡を攻めるという挙に出た。

これを知った叔父であり義父でもある武衡は、すぐさま清原の軍勢を動かし、家衡の加勢に乗り出した。

思いもかけなかった強力な加勢に遭い、義家の軍は苦戦に陥った。これほどまでに自分は清原一族から疎まれていたのか、それがよくも今日まで命を繋いで来られたもの……、と、清衡は改めてそのことを思った。

そんなところへ、今度は苦戦の義家軍に助っ人が現れた。源氏の棟梁義家の苦戦を見かねて、その弟の義光が駆けつけて参戦したのだ。

これにより、清原の拠点、難攻不落といわれた出羽金沢の柵は、遂に攻め落とされてしまった。

寛治元年（一〇八七）十一月十四日、蕭々たる秋風の中、家衡はここで矢折れ刀尽きて討たれ、続いて武衡も捕えられて首を刎ねられた。

結果、清原から疎外された清衡、三十二歳の清衡ただ一人が「清原」の人間として生き残ったのだった。

だが、清原の人間、というよりも、安倍氏の、そして藤原氏の血を引いた自分がここに残ったのだ、と清衡は思った。

清原が滅んだ今、自分は今こそ父の名を継ぎ、藤原清衡と名乗ろう、と清衡は考えた。

そして、殺された哀れな自分の妻子のあとに、やがて時が来たら……、と母が言った、そんな時が来るのか来ぬのか、まるで先はぼんやりとしたものでしかなかったのだが……、母の願いどおり、宗任伯父の娘を娶らねばならぬ、そう考えた。

それが母の言っていた、「時期が許されたら」ということなのだと思った。


一方でまた、想像もしなかった事態が持ち上がった。

清原氏を討ち果たして恩賞を期待していた陸奥守義家は、平定後僅かひと月ほどで、突然朝廷からその任を解かれてしまったのだ。

朝廷の許しの出ぬ先に、戦いに突き進んだ義家のこの度の勝手な振る舞いは、個人的な「私闘」に過ぎぬ、というのが朝廷側の言い分だった。

この報に清衡は驚いた。もとはと言えば、自分の裁定嘆願により義家将軍が起こした合戦だった。

結果、こうして自分は安倍、清原の旧領をすべて支配、という思いもよらぬことになった。一方で戦の勝者義家将軍は……。それを思うと清衡は、義家への同情を禁じ得なかった。

都の権力者たちは、陸奥が源氏の勢力下になって強大になり過ぎることを嫌い、露骨に拒否反応を示した、ということなのだ。

都に座したままで政をする権力者たちの考えること、武士を使い捨てて憚らぬ彼らのやり方を、清衡はこの時目の当たりにしたのだった。

清衡は、腹立ちを隠せぬ義家に対して、陰に回り、注意深く物心両面にわたって支援するのを忘れなかった。

やがて義家は、失意のままに都へ引き揚げて行った。

その後任として陸奥に赴任して来たのは、今度は武家ではない藤原基家という公家だった。

そして清衡は、三番目の夫である清原武衡をも失った母、一の前を、自分の居所、豊田の館へ伴い移した。

これまでの嵐のような一連の戦が、このような形でやっと落ち着いたものの、だが、それからの清衡は、暫くの間、胸に大きな空洞を抱えたように、何をする気力もないままに日を送らねばならなかった。

青春の章　清衡［倭加の前］から基衡へ

〔青春の章〕

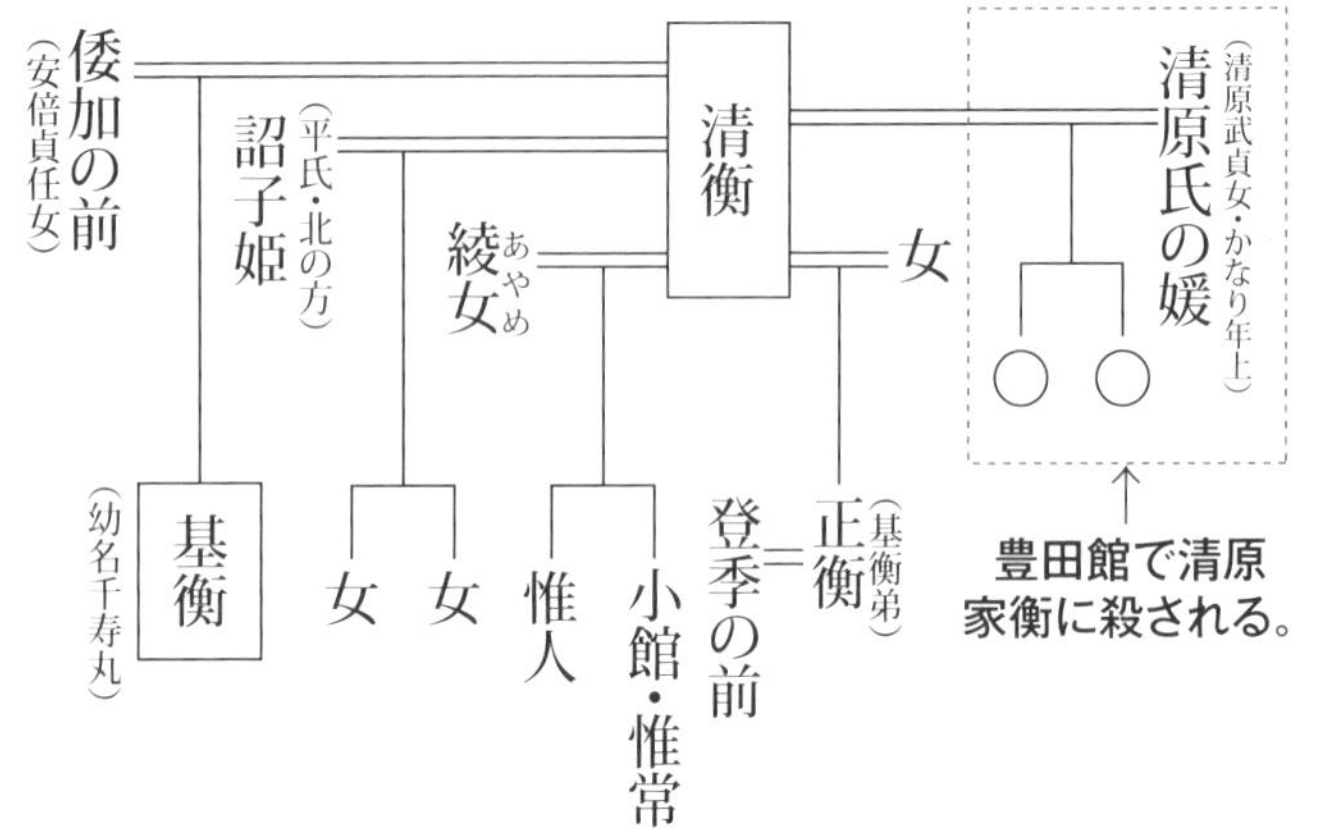
倭加の前（安倍貞任女）
清衡
清原氏の媛（清原武貞女・かなり年上）
詔子姫（平氏・北の方）
綾女《あやめ》
女
○ ○
豊田館で清原家衡に殺される。
基衡（幼名千寿丸）
女 女
惟人
小館・惟常
登季の前
正衡（基衡弟）

《樋爪氏関係》

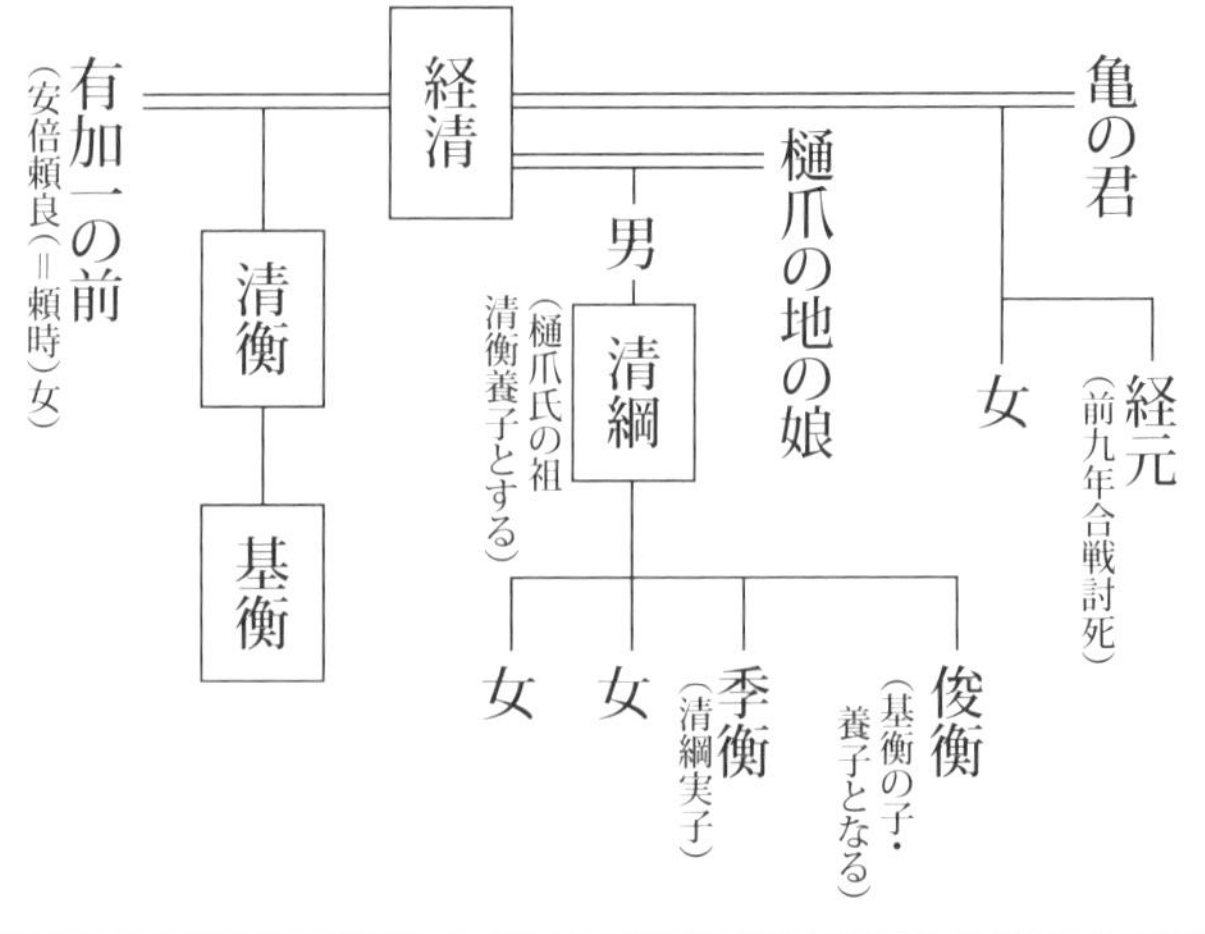
有加一の前（安倍頼良（＝頼時）女）
経清
亀の君
樋爪の地の娘
清衡
基衡
男
清綱（樋爪氏の祖 清衡養子とする）
女
経元（前九年合戦討死）
女 女
季衡（清綱実子）
俊衡（基衡の子・養子となる）

おおいなる志

一

清衡は三十八歳、すでに三人の妻があり、それぞれに子ももうけていた。

北の地で身を隠すように暮らしていた、伯父安倍宗任の娘で、母一の前の姪、倭加《わか》の前も引き取り、母の望み通り妻としていた。

この年、嘉保元年（一〇九四）夏、清衡は紫波赤沢の音高山の中腹に華蔵寺を建立した。蓮華寺でひっそりとその生涯を終えた祖母、そして音高山の社を再興した父経清、その二人の霊を弔い、冥福を祈るためだった。

清衡は今や、陸奥、出羽の一帯を統べる身になっていた。

だがそれは、自分が切望した結果そうなったのではない。運命の歯車がそのように回ってしまった、としか言いようがない成り行きによってだった。

清原の棟梁である兄、真衡の急死。そして弟の家衡と義父武衡は、義家将軍に討たれた。

かつて安倍氏を滅ぼした頼義将軍が目論んだとおり、陸奥の一方の雄の清原氏もまた、その息子義家将軍によって滅ぼされた。

清原氏の内紛に端を発した戦いが終結して見れば、残ったのは清衡一人。

それから今日までも、決して事がなかったわけではない。

強力な安倍氏と清原氏が滅びたあとの奥羽では、あちこちでさまざまな反乱の烽火《のろし》があがった。

そのたびに清衡はその討伐に出向いて行った。

今こそおのれの統率権を認めさせねばならなかった。この数年は、そんな戦いに明け暮れて、気の休まることはなかった。

そんな働きの清衡に、朝廷では「陸奥押領使」の役職を与えた。

朝廷としても、奥羽の地がこのうえ三たび戦さの渦になるのは、避けねばならぬと考えたのだろう。

そんな立場も得てからは一層、清衡は昼夜を分かたず働き、孤軍奮闘、それまでにも増して厳しく反乱の芽を摘み続けた。

結果、今はもう、南は白河の関から、北は陸地の果てる外ヶ浜に至るまで、清衡の力の届かぬ地はないまでになっていた。

朝廷のある都へは折に触れて貢物（砂金は言うに及ばず、都人が喉から手が出るほど欲しがる名馬や鷹の羽や、陸奥に産するあらゆる産物）を送り続け、彼らへの目配りを欠かさなかった。それ故、清衡の陸奥一帯への支配に対しては、都からも表立った反発の声も上がらなかった。

さらには、かの義家将軍の縁に連なる都の名門の家柄の姫を、北の方としてこの陸奥に迎えてもいた。

元服をしたばかりの若き日、一族の菩提を弔いたいという母の望みによって都へ上った日々、そこで目にした都の様、あの素晴らしい街並みと広大な寺域を持つ仏教寺院の数々、そして何よりも、身を持って感じることが出来た、政というものが、どう動いていくかという様、それらはいまこの立場になって見れば、陸奥の地の清衡の血とも肉ともなっていた。

あの若き日、安倍氏という一族が蓄え残した財を、惜しげもなく息子に注いでくれた母の恩は、忘れられるものではなかった。

清衡は、今日この日まで、自身では意識して図ることのなかった幸運に、どれ程恵まれて来たかを感じないわけにはいかなかった。

一歩間違って、あの幼き日、父経清の遺児であることが頼義将軍側に知れていたら……。

そして橘一統の中の、思いもかけぬ助力者たちが、いち早く清原一族への身元引受けを諾ってくれなかったら……。

そしてまた、清原一族の中で、安倍一族の子としての自分に、この上ない愛情を注いでくれた棟梁、義祖父の存在がなかったら……。

たしかに三番目の父となった清原武衡は、二番目の父武貞と違って、清原の血を引かぬ自分に対しては冷たかった。が、それ以前の自分は何不自由なく、それどころか「御曹司」とさえ呼ばれて暮らし、武芸にも学問にも兄真衡にひけを取らぬほど打ち込むことが出来た。

その結果、思いがけず自分は、清原一族を担う強力な一員となったのだ。

それらの僥倖を考えると、清衡は、今日までの途上で、命を落とした多くの陸奥の地の人々のために、やはり自分は祈らねばならないのだという思いでいっぱいになった。

するとそれは必ず、あの国見の山の寺群のような、都に劣らぬ仏教寺院の数々をこの手で……、という思いに繋がっていった。

いくさのない平和な仏教都市をこの陸奥に、その思いで陸奥のすみずみまでを見渡して検討した揚句、先ごろから清衡が此処、と心に留めていたのは、安倍氏の拠点であった衣川、その関を越えた南の地、平泉だった。

ここはまさに北の都として相応しき地、東に北上《きたかみ》の大河があり、西には白河から外ヶ浜に至る大道が通る。そして南は明るく開け、北方には緑豊かな山々が連なっている。この地しかない、と考えた清衡の頭の中にあるのは、若き日にその目で見た、京の都の地形のそれだった。

嘉保二年、四十歳を前にして、清衡は動いた。

まず自らの居所を平泉に築造し、住まいを江刺豊田館から移した。

いよいよ京の都にも劣らぬ、美しい街造りへの着手だった。

だが無論、そうしながらも清衡は、都の動静に気を配ることを忘れなかった。ひとたび都から疑いを買い、干渉されることでもあれば、この壮大な計画は元の木阿弥になる。初めから大々的に事をなすのは控えねばならなかった。

徐々に徐々に計画を進め、清衡が一山（中尊寺）の造営に着手して、最初の堂宇の建立が成ったのは五十歳の時だった。

そしてちょうどその頃、清衡は大きな悦びに包まれた。宗任の娘である妻の倭加の前が、男児を出産したのだ。

母の望みをかなえてやることが出来た、清衡はこの子の誕生が、どの子にもまして嬉しく、名を自分と同じ千寿丸とした。

この子には、自分がどのような星の下に生れて来たのか、母一の前の存在の大きさとともに、幼いうちから語り継いでやらねばならぬと思った。

藤原経清という男を夫にして以来、苦難続きの道を辛抱に辛抱を重ねて歩み続けた母一の前は、自分の一族である倭加の前には、日頃から、息子の妻という関係を越えた慈しみの目を注いだ。

倭加の前もまた、夫の母御前である一の前に、心からの尊敬を持って接したので、二人は傍で見るのも羨ましいぐらい睦まじげだった。

どちらも同じ安倍一族の中で、愛情いっぱいに育った者同士である。

さあ、母上様、今日は山へ蕨を摘みに参りましょう、いえいえ、今日は咲き始めた桜を見に、などと育った頃の暮らしそのままに、いまは穏やかな日々を分かち合っていた。

そんな二人を見るたびに清衡は、お二人の間にはこの清衡さえ入る隙間はござらぬ、と言って笑うほどだった。

二

その一の前が、ここ一年ほど、何かに憑かれたようにたびたび一人で出歩くようになっていると、清衡は周りの者から聞かされた。

足元も余りおぼつかなくなった故、山歩きも野遊びもだんだん億劫になり申した……、などと言って、倭加の前の誘いも三度に二度は断るようになったのが、僅かの供を連れただけで、輿に乗って一人出かけるのだ。

数日にわたって戻らぬこともあり、一体何処まで足を延ばしているのかと、周りは誰もが訝しく思い、気を揉んで心配したりした。

ある日、清衡は母の居室を訪ね、そこでたまたま、痛そうにして侍女に脚をさすらせている母の姿を目にした。

どれ、私がさすって進ぜましょう、そう言って清衡は、侍女に代わって母の側に寄った。そしてさすり始めたその脚の、いつの間にか棒のように細く固くなっていることに、清衡は愕然とした。あのふっくらとふくよかだったふくらはぎは一体いつの間にこんなに……。

よくよく見れば、脚だけではない、いつの間にか白さを増した髪、皺が刻まれて細くなった面立ち……。

言葉もなくさすり続ける清衡に、一の前はじっと目を瞑り「極楽じゃ……」とひと言呟いた。

「いつでもさすって進ぜます故、遠慮なくこの息子をお呼び下さりませ」

わざと剽軽な口調で清衡が言うと、一の前は、思いがけないことを言った。

「国見のお山を見てきたのですえ」

「国見……？」

言いかけて清衡ははっと気が付いた。

「昔寺坊の甍が幾重にも連なっていた、あの、あの国見でござりますか」

「あれま、よく覚えておいでじゃ」

一の前は驚いたように清衡の顔を見て、そして続けた。

「そなたをお連れして、一度だけ参詣したことがありましたの。良く晴れ渡ったあの幸せな春の日のことは、この母、忘れたことはありませなんだ」

「山桜がはらはらと散って、それは美しゅうござりましたなあ」

「あんなに幼かったそなたが、忘れず覚えておいでじゃったとは……」

「初めて目にしたお山の、甍が連なった寺々の様、今も覚えておりまするよ」

「そうじゃ、今はもう、ずうっと山の奥の方に、小さな寺坊が数える程しか残っておらず、しかもそれらもあらかたは朽ち果てて……」

「そこへ、供だけ連れてお一人で？」

その清衡の問いには答えず、一の前は目を瞑ったまま静かに言った。

「あの地こそは、わらわ一族の、心のよりどころでありましたがのう」

「………」

「滅ぼされるとは、こういうこと。いずこへも寄る辺なき身になったのだと、改めて思いました。これまでは、ただ夢中でそなたと共に生き抜くことだけを考えて参ったのだが」

清衡はそれで、母が出歩いているわけを、出歩いている先を、一瞬のうちに理解したのだった。

「では、祖父頼時様が命を落とされた鳥海の池や厨川の地にも遠出なされましたので？」

「はい、あちらこちらとの。そなたのお力尽くしのお蔭で、今は戦乱もなく、この陸奥はまことに平らかでございますれば」

「お言いつけくだされば、この清衡がお供つかまつりましたものを」

「なんの。そなたは今ではこの奥六郡を統べる忙しい御身。その御身をこの老婆の、過ぎてしまった昔の想い出のために、煩わせ申しては、の」

「想い出、ではなく、母御の目的はきっと、皆々方の鎮魂の祈り。さようでございましょう？」

そう応えつつ、清衡は泣きたかった。五十という齢に手が届いた今、痛切に、母の前で声を上げて泣きたかった。

一族が眠る、あの国見のお山に劣らぬ、素晴らしい寺坊群を、私はきっと造り上げて見せまする、今はまさしくその途上、そう母に言ってやりたかった。が、それは最早言葉にならなかった。

陸奥の安倍頼時の娘、この上もなく気高く美しかった一の前は、人生の途上で突如として断ち切られた平安な生の続きを、今やっとここに来てなぞり始めているのだと、清衡は思った。

そんな晩年のつかの間の平安の後に、夫の忘れ形見の命を繋がんがために、父や夫を滅ぼした敵方の男二人までも夫とした忍従の女人、一の前は、待ち焦がれていた倭加の前の男児出産を目を細めて見届け、一族の鎮魂の行脚も成し遂げて、それから心静かに父や兄弟たちのいる彼岸へ旅立ったのだった。

皆金色の御堂

一

嘉永二年（一一〇七）春、清衡は母を弔うため、尽くせども尽くせぬ感謝の気持ちを込めて、大長寿院を建立した。

さらに翌天仁元年（一一〇八）には、一山に中尊寺の諸堂造営に着手した。そしてこの山域を関山と命名した。

ここを関山と呼ぶことにしたのには理由《わけ》があった。

南の白河の関から発して北の外ヶ浜までおよそ五千町、約二十日余に及ぶ行程の、そのほぼ中間に位置するのがこの山域だった。

それとともに清衡は、この五千町の道筋に、一町ごとに道しるべとなる笠卒塔婆を建てた。卒塔婆には金色の阿弥陀仏が描かれ、そして白河の関からと、外ヶ浜からの距離がそれぞれ記された。奥州を旅するすべての者に御仏の御加護を、との願いを込めてのものだった。

諸堂の造営が一段落したあとにも、清衡にはまだ為すべきことがあった。父や母の菩提を弔うために、経文を書写して奉納することである。

永久五年（一一一七）、清衡はすでに六十歳を超えた年齢になっていた。

この齢のいま、父母のために奉納する経文は、この世にないような美しいものでなければならなかった。

紺地の紙に、一行ごとに金と銀で文字を書写するという、金銀字交書一切経の書写はこうして行われた。

数多の僧によるこの書写の完成後、保安三年（一一二二）には経典を納めるための経蔵も建立、この年はまた、清衡には悦びの年となった。

倭加の前の産んだ千寿丸、先年元服して基衡と称するようになっていたが、これが妻を娶り、男児が生まれたのである。清衡には孫にあたる。

やっとここまで来た、と清衡の感慨は深かった。

が、清衡の仏都への想いはまだまだ途上だった。

実は先年から清衡は、胸に深く思うところがあって、関山の一角に、金色に輝く小堂宇の造営に取り掛かっていた。

この国の中のどこにもない、内も外も全て、陸奥に産する金で覆われた御堂、須弥壇に安置する仏像も皆金色と心に決めた御堂だった。

これらの仏像のために、清衡は都から高名な仏師たちを次々と呼び寄せた。平泉に来ることが叶わぬ仏師に対しては、都へ莫大な値の金銀貢物を運んで制作を依頼した。

そして堂内の柱や須弥壇を荘厳するためには、海を越えた南の地から取り寄せた夜光貝や象牙、香木などで細緻を極めた細工がふんだんに施された。

そのための金工、漆工なども また、一流の工人が都からぞくぞくと呼び寄せられた。

このように、叶う限りの贅を尽くし、三間四方の皆金色の小堂は、それから二年の後に遂に完成した。天治元年（一一二四）、清衡六十九歳の年だった。

そしてその翌々年、大治元年（一一二六）三月、清衡は中尊寺大伽藍一区画の落慶供養を執り行った。天仁元年に造営を初めてからここまで、実に二十年近い歳月が費やされていた。

この日、皆金色の堂に掲げるための、丈六尺に近い棟木に、清衡は黒々と墨書させた。

「天治元季甲辰八月廿日建立堂一宇大檀散位藤原清衡」。

そしてさらに、その下に並べて記させた。

「女檀安倍氏、清原氏、平氏」

豊田館で弟家衡によって命を奪われた清原氏の媛、そして安倍氏の媛である倭加の前、そして今一人は、都から嫁いで来た平氏の姫、北の方である。

この席で清衡が読み上げた中尊寺落慶供養願文には、建立の目的を「鎮護国家」のためとした。その具体的な内容は「白河、鳥羽、崇徳三代の御世の安穏を祈願」するというものだった。併せて、「古来幾多の戦乱による官軍夷虜の死事、その冤霊をして浄刹に導かしめん」と。さらに、この奥羽を仏教文化によって浄化する、というものである。天皇の世の安かれと、真っ先にそのことをうたってはいたが、清衡の思惑ははっきりと、奥州の地で戦さに倒れた幾多の者たちの鎮魂にあったのだ。

ここまで来て、清衡はやっとおのれの数奇な来し方を噛みしめる心の余裕を持てたのではなかったか。

この後こそは、この奥州を御仏に守られた戦なき平和な地に、という願いは、誰よりも強かったに違いない。平泉を仏都とするため、政をする政庁すら設けなかった清衡の態度にもそれは表われていた。それをすることが、都との間をどれだけ危険なものにするか、清衡は感覚的によく分かっていた。

さらにその二年後、大治三年（一一二八）七月十六日、元服を終えた若き日以来、その胸に深く畳んで来た望みを、これで果たし尽くしたというように、清衡は七十三歳の生涯を静かに閉じた。

夫清衡のために、安倍氏の倭加の前をはじめ、平氏から娶った北の方詔子姫、そして基衡の兄にあたる小館ともう一人の男子をもうけた妻綾女《あやめ》、ほかに基衡の弟、妹たちの母である二人の妻たちも、こぞってその供養の写経をし、夫の極楽往生を祈り願った。

二

清衡は四人の男子をもうけていた。

すなわち、長子惟常、二子惟人、三子基衡、四子正衡のそれである。

この中で、平氏から迎えた北の方詔子姫には男子がなく、安倍氏から迎えた倭加の前の生んだ基衡を、清衡は格別の情を持って育てて来た。

というのも、長子の惟常、二子の惟人の母綾女はもともと清衡の侍女だった。清原から迎えた媛が弟の家衡によって襲われ、母子共々豊田館で非業の死を遂げた後、その衝撃から、清衡は長い間次の妻を娶ることが出来なかった。不幸の二の舞、があることを恐れたのだ。

それ故母が望んだ倭加の前を娶るのに、暫くは躊躇していたのだった。その間に綾女は、男児二人を生したのだ。

そんなわけで、清衡にとっては、どの子も自分の子で愛しいとは言いながら、安倍一族の倭加の前が産んだ男児は、綾女の産んだ子らに対する期待とは、それは比べものにならぬものだった。

また、四子正衡の母は、それなりの由緒を持つ一統の出ではあったが、基衡にとっては弟に当たるゆえ、安倍氏の倭加の前に及ばなかったということか。

そのため基衡は、幼い頃から父の清衡から、祖父経清や曾祖父安倍頼時の最後、そして父の歩んだ数奇な道、それを支え守って来た祖母の一の前のこと、さらには祖母がもたらした基衡の母倭加の前との縁、それらをさまざまな機会に聞かされつつ育った。

そんなさまざまな話の中で、ある日父が、お前だけに、と言って明かしたある事実があった。

それは、父の弟にあたる人の息子、清綱という人のことだった。

その人は、基衡から見れば、従兄弟の関係、ということになる。

父は言った。

「我が父経清が紫波樋爪の地にあった頃、樋爪の地の娘と契って出来たという、その弟の存在を、わしは赤沢に華蔵寺という寺を建立した折に初めて知った」

だがその事実を知った時､弟はすでにこの世に亡く､その子である清綱が赤沢の地でひっそりと暮らしていたのだ、と。

以来、折に触れ父は、母の違う弟のその子、清綱の力になって来たという。

その話をした後で、父は基衡に言ったのだった。

「もし、この父か亡くなって、お前が兄の惟常と争うようなことになったら、いや、そのようなこと、考えとうもないことなれど、この父はすでに清原にあってそれを目の当たりにした。睦まじく育った兄弟でも、それぞれに父が違い、母が違ってみれば、人というものは、なかなか一筋縄にはいかぬもの」

父はそこで微かに吐息を洩らし、そして続けた。

「陸奥は都から遥かに遠い地なれど、今はやっと人々が平穏な暮らしを送れるようになった。安倍の血を祖母《ばば》様、母様の双方から受け継いで来たお前には、滅ぼされた安倍一族のためにも、この平らかな世は、命をかけて守り継いで行って欲しいのだ」

常とは違って､その日はそんな思いがけぬ話ばかりする父に､基衡は言葉もなく押し黙った。父は続けた。

「勇敢無比だった安倍一族の血が流れている故、お前ならきっとそれをやり遂げるはず。

父はそう信じている」

　そして父は、亡くなった弟の息子だという、清綱についてこう言った。

「清綱は温和この上なき性格じゃ。この後も樋爪の地に留まり、静かに暮らしていくであろう。わしはそう考えて、清綱を我が養子と定めた」

　驚く基衡に父はなおも続けた。

「さよう、言って見ればお前とは兄、弟、ということになる。それでの、この平泉の川湊に接して建てた館、皆が柳の御所と呼び習わすここに似せて、わしは清綱に、樋爪の地にも川湊に接する館を建てさせた」

「樋爪の地の川湊に……、この柳の館と同じような館を……」

「ふむ、わしはの、平泉のここに館を造るに当たって、わざわざ都からあの美しい枝垂れ柳を運ばせた。若き日に初めて都で目にした、あの芽吹いた細柳と桜をこき混ぜた、絵のように美しい光景が忘れられなかったのじゃ」

　この居館の傍らに立つ、みごとな二本の枝垂れ柳が、川風に静かに揺れるさまを、基衡も幼い頃から見続けて来た。基衡もまた、その優美な風情を好ましく思っていたが、それは父がわざわざ都より運ばせて植えたもの、ということを、基衡はこの時初めて知った。

「樋爪の館はの、言って見れば桜の館じゃ。あそこは周りの山桜が見事ゆえの。それに、古来より柳と桜は一対。そこでわしは勝手に、この平泉の柳の館に対して、桜の館と呼び習わしておる」

「柳の御所と桜の御所……、この私と、兄弟……、」

戸惑いを隠せずにいる基衡に、父清衡は「そこでじゃ」と、さらに続けた。

「この樋爪とのつながりを、この後もより平和的で強固なものとするために、将来お前が何人かの男子に恵まれたら、そのうちの一人を、清綱に預けてはくれぬか。どうじゃ」

突然そんな思いがけぬ話をされ、どうじゃと言われても、まだ元服したての年頃の基衡は、返事のしようもないと思ったものだった。

ただ、父がこの地の平和のために、どんなことがあっても一族の人間同士が相争うことがあってはならない、と固く思い定めていることだけは、痛いほど感じることが出来た。

父はその数奇な生い立ちのせいで、兄弟を皆失うと言う不幸に見舞われ、母以外には頼りになる身内一人ない中で生きて来たのだ。

そんな父の日頃からの口癖は、基衡の胸に染みついていた。

「安倍の棟梁は真実偉かった。それぞれに母親の違う十人に近い男児をば、皆々固い絆で結束させた。祖父頼時以外に、それが出来た男をわしは知らぬ」

そしてこうも。

「祖父頼時は、勇猛なだけではない。妻子への情のためには何物もうち捨てる覚悟を持っていた。無実の我が子のためには、戦さえ受けて立った」

そして父清衡は、自らの妻子を殺されるという酷い目に遭ってから、何十年もかけて、巧みに都からの干渉も退け、血のにじむ思いでこの陸奥の地の平和を守り抜いて来たのだ。

そんな父の姿を、基衡は日々その目で見つめ続けて来たのだ。

父がその存在を初めて知ったという、亡き弟の忘れ形見にも、我が子と変わらぬ愛情を注いでいる、それはきっと、幼い日から孤独のうちに、苦労に苦労を重ねた父の、自然な心の発露なのだろうと、基衡には感じられた。

それゆえ基衡は、自分の子を樋爪の清綱に養子に、などという、まだ現実味のない話はとにかくとして、父の言った言葉に対しても、真摯な気持ちで耳を傾けたのだった。

そして、自分はこの清衡というたぐいまれな父と、祖母一の前の助力で父と結ばれた倭加の前という母との間に、この上なく恵まれた生を頂いたのだと、心から思うのだった。

倭加の前

一

清衡という従兄弟によって呼び寄せられ、そしてその妻となって、はて、あれから何年が過ぎたことであろう。

ある時、夫清衡の母である一の前が、しみじみと言ったことがあった。

あれは夏に入った頃だった。薄桃色の大輪の蓮が、居所の庭の池に、見事な花を咲かせたとて、一の前から「見においであれ」と誘いを受けたのだった。

その夢のように美しい蓮の花に目を遣りながら、一の前は言ったのだった。

「そなたをこの平泉にお呼びしたのは良けれど、清衡には都からの詔子様が北の方に座っておられる。わらわはそなたに、心苦しゅうてならぬのですよ」

その言葉に、倭加の前はびっくり、心底驚いた。

「何をおっしゃるのでございますか。私をあの生き地獄のような日々からお救い下されたばかりか、こうして御館の妻の一人に加えて頂き、私はこの上なき幸せ、それは恐ろしいばかりの幸せでござります」

「したが、我が安倍一族の媛御であれば、世が世ならば、何処の殿御と娶せられようと、嫡妻以外は考えられぬこと……」

「それを仰せならば、世が世ならば私もあの地で、生き地獄の日々を送ることも有りませなんだ」

「ほんに、のう」

「夫の清衡様は無論のこと、一の前様も都からの北の方様も、それはお優しい御方、どうぞ今の私のこの幸せをこそ、お悦びくだされませ」

「そなたはほんに心根の優しい御方じゃ。そう言って下されると、この婆、何より心が軽うなりまする」

「その上私は、子にも恵まれましてござります。北の方様はいまだ男子に恵まれず御子は皆おなごばかり」

「それでござりますよ、もし北の方様に男子出生のあかつきには、我ら安倍一族の血を引いた千寿丸は、清衡の嫡子にはなれぬのじゃ」

　そんな一の前に、倭加の前は静かに笑って言った。

「そのことでございましたら、北の方様はおっしゃっておいででした。男子をあげられぬ不甲斐ないわらわを、どうぞお許し下されと、泣いて訴えましたら、清衡様はこう申されました、と」

「何と申されたとか」

「私の妻たちがあげた子らは、おのこもおみなも全て北の方であるそなたの子。そなたは私の子らすべての母御前じゃ。何もご心痛召されるな、と」

「我が息子清衡が、そのように優しいお言葉を北の方様に……」

「それを伺って、私も申し上げました。ならば基衡もまた北の方様の御子。こんな有難いことはございませぬと」

「清衡もそなたも……」

苦難の道を歩いて来ただけあって、何と心の広い事よ、という言葉は続かず、一の前の瞳からは大粒の涙がこぼれ落ちたのだった。

二

倭加の前が思わず吐露した、「生き地獄の日々」とはどういうことか。

一の前と同じように、倭加の前もまた、安倍一族の隆盛の日々に、一の前の兄宗任の媛として生まれたのだが、まだ幼さの抜けぬ年頃に、宗任の兄貞任の妻の里、ずっと北の地の豪族の嫡男の妻にと請われて貰われて行った。

本来ならば、貞任の媛が請われてしかるべきところだろうが、あいにく、貞任は女子に恵まれなかった。そこで貞任は、すぐ下の弟、宗任の媛を娶せてくれるよう、宗任に腰を低くして談判に及んだのだ。

棟梁である父頼時の裁断もあり、宗任は、まだ幼い媛を心配しつつ嫁がせねばならなくなったのだった。

婚姻は一族と一族との結び付き、そうやって女子は固い絆を結ぶもととなって、互いの一族はより強大になっていくのだった。

十に満たぬ幼な妻は、見知らぬ土地、見知らぬ人々の間で、それでも安倍一族から迎えた大切この上ない妻として、下へも置かぬ待遇を受けた。

父母が恋しいと涙を見せると、すぐに侍者をつけ、父母の元へ送り届け、そして再び婚家から迎えが来て戻って行くのだった。

そのままこんな暮らしが続いて年月を重ねていたら、あるいは倭加の前も、嫁いだ地にしっかり根付いて幸せに暮らし通したのかもしれない。

だが、婚家の人々と夫なる人の優しさも、長くは続かなかった。

安倍一族が都からの将軍の軍勢によって滅ぼされてしまうと、倭加の前に対する夫の態度はぐるりと変わってしまったのだった。

まだ若くて世の中の様々なことに疎かった倭加の前は、この夫や夫の父親なる人の、掌を返したような変わり方を受け止められず、ただ戸惑うばかりで、為すすべも知らなかった。

そのうちに夫は、次々と別の女人を娶っていった。その中には、安倍一族と友好的な磐井金氏と対立していた、気仙金氏の媛もいた。

だが、すっかり成人していたその女人たちが子を産んでも、嫡妻である倭加の前がいては、おおっぴらに嫡男としての扱いは出来ない。

すると夫は、しだいに酒を浴びては倭加の前を罵倒するようになった。

「お前のような厄病神は、この家には不要だというのじゃ」

大声で喚く夫に、倭加の前は身がすくんだ。

いかに世間知らずだった倭加の前でも、そんなことが続いて見ると、滅んだ安倍一族の出である自分はいまやこの一族には不要の身、それゆえこう邪険にされるのだと、理解出来るようになった。

考えもしなかった身の転変に、倭加の前は日々苦しみ、この身が消えてなくなれば、この苦しみからも逃れられるのに、と考えるようになった。

かつてはあんなに優しかった夫が、酒を浴びては目を怒らせ、「何処へでも疾《と》く消えるがよかろう」などと喚きながら目の前に迫ってくる。

この恐ろしさ、里での幼い日々に、どんなに荒くれた男たちを目にしても、こんな恐怖に駆られたことなどないことだった。

夫に迫られる度に、今にも首を絞められるのではないかという恐怖、毎日この恐怖に耐えるくらいなら、自分でどこぞの崖から谷底に飛び降りて、一思いに死んでしまいたいと、ずっとそんなことばかり考えるようになった。

そんな倭加の前に、ある日、夫はこんな言葉を投げつけた。

「囚われて都へ引っ立てられたお前の父宗任の妹は、安倍を敵に廻した出羽の清原へ貰われて行ったとよ。敵でも何でも構わぬ、お前もどこかに貰われて行けば、滅んでしまった安倍とは縁が切れ、厄介払いが出来るというものよ」

やっぱり本心はそこにある、と倭加の前は涙も出ずにその言葉に耐えた。

その倭加の前を、地獄のような日々から救い出してくれたのは、ほかでもない、出羽の清原に貰われて行った一の前その人だった。

倭加の前にとっては、救い出してくれた叔母一の前と、そして今は夫となっている清衡は、言葉では到底言い尽くせぬ恩を感じる存在であった。

海を渡って来た女人

一

ところで、倭加の前が産んだ子である基衡の子、つまり倭加の前と清衡にとっては孫にあたる千寿丸を産んだ女性もまた、倭加の前同様、安倍宗任の娘という、有りうべからざるような驚くべき奇しき縁だった。

つまり、基衡の母と妻は、ひどく齢の離れた姉妹ということなのだった。

このいきさつこそは、誰にも想像すら出来ぬような不思議なものだった。

あの九年にわたる合戦で安倍一族が討ち取られた折、棟梁頼時の子、貞任、重任、則任らは斬首されてしまったが、宗任は弟の一人、家任とともに囚われ、頼義軍によって都に護送された。

その事実があったゆえに、宗任と仲の良かった妹、つまり清衡の母の一の前は、兄の消息知りたさもあって都へ上りたいという望みを持ち続けていたのだったろう。


あれは何年前のことか、いずれ千寿丸が元服して基衡となり、それから何年か経ってからだった。

関山一帯が燃えるような美しい紅葉に彩られた秋のある日、基衡の母である倭加の前を尋ねて、一人の女人が数人の従者を引き連れ、いかにも疲れ切った様子で平泉の居館を訪ねて来た。

余りにやつれ果てたその姿に、とにもかくにもと、館に入れて休ませた倭加の前で、その女人は旅装を解くのももどかしげに、驚くべき事を述べた。

自分は倭加の前という安倍の媛の妹で、父宗任から、奥州に残した姉の消息を尋ね、その力になるようにと言われた。それ故こうして、遠い西の地から、はるばる半年の余を費やしてやって来たのだと。

倭加の前は仰天した。何やら胡散臭い話ではあると、すぐに夫清衡に事の次第を告げた。伝え聞いた清衡も、何さま信じがたき言い草とて、まともに取り合うような素振りもなかった。

暫し休ませて、必要なものがあれば与え、早々に放免するが良かろう、そう言う夫の考えに、倭加の前も同意した。

が、その女人が命より大事にして、肌身離さず持って来たという書状を差し出され、倭加の前は動揺した。それは父宗任が、娘の自分に宛ててしたためたもの、というのだった。

それにまた、その女人から、都に護送されて以降の宗任の消息を詳しく聞かされては、最早簡単には放免出来ないような気持ちにさせられたのだった。

女人の話すところによれば、京の都に送られたものの、宗任と家任は都に留めることは許されず、そのまま頼義将軍の任地、伊予の地に連行されたという。

だが、何としても陸奥に戻りたい一心で、宗任はたびたび逃亡を企てた。そのため伊予からさらに遠い大宰府に移し流されたのだと。

伊予も大宰府も、古来より征夷の戦さによって囚われた蝦夷の民たちが流された地である。

流された先での彼らには、土木工事の人足として、あるいはこの国から海を渡る遣唐使船の暗い船倉での水手《かこ》としてなど、奴隷同様の辛《つら》く重い苦役に生きる道が待っている、というのは倭加の前も噂に聞いたことがあった。

一方大宰府は、大陸や琉球とつながる貿易港、博多が目の前である。

そこには、日本と大陸を往来して貿易に携わっている唐人たちの住む一画、また琉球人たちの住む一画、俗に土地びとたちから「唐人坊」と呼ばれている住区があるのだと女人は言った。

大宰府にまで流されてしまい、遂に宗任は逃亡を諦めた。

しかし流人というくびきから逃れたい一心で、ある時、囚われのそこから、決死の覚悟で脱出を試みた。

秘かに博多の街へ行き、不案内のまま路地から路地へと人目を避けて歩いていた宗任は、たまたまある路地の一隅で一人の娘と出くわした。

「追われているのだ、頼む、匿ってくれぬか」

そう陸奥の言葉で訴えて頭を下げる宗任の言葉を、しかし娘は理解出来ぬようだった。首を傾げて何度も宗任の言うことを理解しようとした揚句、もどかしくなったのか、やがて娘は、無言のまま宗任の手を引いて自分の住まいに伴った。

娘に連れられて行った先が唐人坊で、その若い娘は唐人なのだと、そこで初めて宗任は知ったと言うわけだった。

朝廷からの役人でもおいそれとは手を廻せぬそこの住区に身を寄せて、宗任は、娘の父親の仕事である貿易に携わり、下働きとして仕えた。

娘の父親は、博多でもこの唐人ありと名の知れた大貿易商で、大陸の宋の国から、絹織物や薬品、それに青磁の陶器や南方に産する香木など、さまざまな品を運んでは売り捌き、莫大な富を得て大邸宅を構えていた。

その下で宗任は、熱心に働いて仕事を覚えた。

そして時を経ずにその働きぶり、胆力と力量は周囲に認められるところとなった。読み書きも出来る。思い切りも良い。交渉事も上手くこなす。そんなことで、やがては多くの仕事を任されるようになった。

そのうちに唐人の言葉も覚え、自分の才覚で大きな取引もするようになり、大陸と往来するようにさえなった。

その胆力と能力は次第に頭角を現し、すると流人であった筈の宗任のことを、大宰府の役人たちも次第に、謗るどころかその力を利用して、唐人や琉球人との間の取り持ちを依頼するようになってきた。

そんな中で宗任は、貿易に携わる多くの人々の上に立つようになり、今は莫大な富を蓄えるに至っているのだと。

手引きをしてくれたその唐人貿易商の娘とはやがて契り、その二人の間に自分は生まれたのだと女人は説明した。

唐人女性などと、まるで現実とは思われぬ雲をつかむような話、と胡散臭く思った倭加の前の心も、そんな話の成り行きに、何やら徐々に心がほぐれかけていき、さらにそんなところへ……。

その女人が、父がよく話してくれたと言って、子どものころ暮らした陸奥の地での話や、宗任の妹の媛達との思い出、さらには女人には姉に当たる倭加という媛がいることなど、宗任でなければ知り得ない話の数々に至っては、倭加の前も遂に、この女人の話を信じざるを得ないような気持ちになったのだった。

御名は？　と訊ねられて、初めて女人は緊張の糸がほどけたような柔らかい表情になった。やっと信じて貰えたのか、と思ったか、ふっと笑顔を見せた。

「沙羅。さ・ら・と言いまする」

「さ・ら・とな……？」

「したがそれは祖父と母がつけてくれた名。父は、陸奥に行ったら明萩《あきはぎ》と名乗るがよいと。お前は陸奥の萩がたわわに咲く頃に生まれた。陸奥の秋は、山萩の花がそれは見事だと」

言われて倭加の前は、はっとなった。

そうなのだった。父は秋に咲き乱れる萩がことのほか好きだった。

父が狩りに出た日などは、幼い自分に、花盛りの萩の枝をどっさり切り取って来てくれたものだった。

萩だけではない、父は男には珍しくいろいろな野山の花を愛で、春一番に咲く梅の花、真っ白い辛夷、杏、桃、そして山桜や山吹、夏にはあやめ、菖蒲、沼地に咲く蓮の花、山百合、そしてまた秋には道端の野菊、山芍薬の真っ赤な実、等々、等々、野山に出た日は、実に様々な花を幼い自分に持ち帰ってくれた。そのなかで父が一番好きなのが、たわわに咲いた萩の花だった。

この娘を遠い遥かな陸奥の地に送り出すにあたって、父はきっと、この陸奥の萩の花盛りを懐かしく思い浮かべたに違いない、そう思って倭加の前は、父への切ないほどの思慕の情を募らせ、すると胸がつまり、目には涙があふれて頬を伝った。

「そなたの話をさまざまに伺ってみれば、確かにそなたはわが父、宗任の娘御であろうと……」

「信じて下されましたか。ほんに……、嬉しゅうござります」

「して、そなたの母御は、何故にこんな遠い地にそなた一人を……?」

「実は我が母が、先年病で身罷りまして。その後で、父が初めてこの奥州の地におわす姉君のことを打ち明けて下されましてござります」

「さようであったか……。そなたの母御は……、身罷られたのか」

「はい、病に冒されまして」

「それは何とお辛いことで……」

「………」

「それにしてもまあ、気の遠くなるような長い旅路、まことに御苦労なことでございましたの。ようも若い女人の身で無事に辿り着かれました」

「はい、博多の港からは船に乗りましたが、どうにもならぬひどい船酔いに苦しめられ、見かねた供の者たちに京の都に近い港で降ろされ、都で暫く養生致しました。その後、都からは馬に乗せられて、ここまでの長い旅路を……」

「まことに、まことに、ご苦労なことで」

言いつつ袖で涙を拭う倭加の前に、明萩は言った。

「父との約束を果たしたき一心、そしてまだ見ぬ、たった一人の姉上様にお会いしたき一心で……」

「とは申せ、若い女人の身にこのように厳しき旅を、父御は……」

「父は申しました。おなごの身には、それは大変な旅。じゃが、我が三人の息子は、この地に流されたわしと同様、遠路の旅は決して許されぬ。おなごのそなたなら、きっと旅も許される。頼りはそなただけ、と……」

そこまでで後は言葉にならず、明萩もまたむせび泣いた。

この地に辿り着くまでに、どれ程の苦難に遭い、そして緊張を強いられたことかと、倭加の前は痛ましくその震える肩先を見つめた。

それから倭加の前は、精一杯の労りを込めて言った。

「これより後は、何なりとこの姉をたよりにしてお暮らしなされるがよい」

「心に染み入る温かきお言葉、ここまで辿り着いた甲斐がござりました」

「わらわとて、そなたのお蔭で、あのお優しい我が父御が、無事にご存命と知り、どれほど嬉しく有難いことか」

「父がそのお言葉を聞きましたら……」

「それにの、わらわの夫清衡殿の母御、一の前様はまた、そなたとわらわの父御、宗任の妹君であったぞえ。そうじゃ、そなたには叔母に当たられる御方」

明萩は目を瞠った。

「まあ、この上なくお美しい三人の妹君方のお噂も、父は私に話してくれました。それはそれはお美しい、自慢の媛君方であったと」

「さようでござりましょう。一の前様も、兄宗任様の事は、亡くなるまでお心にかけておいでじゃった。ほに、そなたにも一度お会わせしたかった」

「ほんに……。それで、姉上様は、父が捕われて以来、どのようにお過ごしなされましたか。どのようないきさつで、この平泉の清衡様と……」

矢継ぎ早の問いかけに、倭加の前は我に返ったように居ずまいを改め、そして静かに言った。

「さようじゃな、父御がご心配下されたこの身のことも、いずれそなたには、ゆるりと聞いて貰わねばなるまいの」

二

半月ばかり経て、明萩の疲れが癒えたかと思われる頃、倭加の前は改めて明萩を自分のもとへ呼び寄せた。

真っ赤に色づいた楓の木々が、時折はらりと葉を落とす様を望む庇の下の板の間で、倭加の前は明萩と向かい合った。

「今日は妹のそなたに、我が来し方をゆっくり聞いて頂きましょうぞ」

言って倭加の前は淡々と話し始めた。

まだ幼子だったわらわが輿入れしたのは、ここからずっと北の、そうさな、土地の名前を申したところでそなたには分かる筈もない、とにかくその地の有力な一族の嫡男であった。

強力な安倍ほどではなかったが、安倍にとっては侮れぬ力を持った一族での、その一族との融和を図るために、まだ幼いわらわは貰われた。むろん双方の父御が決めて娶せたものよ。

随分と齢のはなれた夫ではあったが、幼い頃は大切にして下された。さよう、我が安倍の一族が滅ぼされるまではの。

だが、戦で一族の男たちは命を落とし、父御と叔父御家任様が捕えられ、都へ引き据えられてからというもの、急にその風向きが変わってしもうた。

夫の父御なる人、それに加えて夫もまた、目に見えてわらわに邪険になってしまわれたのじゃ。滅んだ安倍の一族、というだけで、まるで疫病神のようにわらわに向かうようになり申した。おのれの一族に、わらわがいるだけで、何か厄災でも降りかかるかもしれぬと恐れたのであろうかの。

それでも初めは、わらわを横に、見向きもせずに苦い顔で酒を飲んでいるばかりだったが、じっと耐えている年若いわらわに対して、夫はだんだんに無体な事ばかり言い募って絡むようになった。相手は屈強な男、ずっと齢が離れていることもあって、恐ろしさに手向かうことなど出来なんだ。

年端も行かぬに大事にしてくれた、あの頃のこの人は何であったのかと、わらわは心底苦しみ申した。そして、この男には、安倍の媛であったわらわが必要なだけだったのだと、嫌でも気づかねばならなかった。

父も母もなく、今は最早不要になってしまったこの身、いっそ近くの谷底へ身を投げようと、何度思ったか知れぬ。だが、いざとなれば、若い身空にはそんな勇気もなかなかには湧いて来ぬものよ。

そんな折じゃった、夫が例によって酒を飲み、わらわに絡みながら喚いた。「宗任の妹めは、捕われて敵方の出羽清原に貰われたという。ぬしもいっそ、敵方へでもどこへでも貰われて行けばせいせいするわ」とな。

幼い頃から仰ぎ見たあのお美しい叔母君も、そんな惨めな行く末になられたのかと、わらわは言葉もなかった。

それでの、暫くの間思い患った末に、藁にもすがる思いで、安倍から連れて来た気心の知れた側仕えの女を、出羽の一の前様のもとに、密かに送り出したのじゃ。そう、幸いにその者は、無事に一の前様の元に着き申した。

それでの、驚くことに、それからさほど時を置かずに、一の前様が差し向けて下さった使いの御方が、我ら夫婦の前に現れて、わらわを引き取られた。

さよう、有無を言わさぬそのやり方にも、差し出された砂金の袋を前に、夫もその父御も、厄介者を追い払う上に思いがけぬ財物さえ手に入るとあって、満面の笑み。あの顔は今でも忘れるものではないわ。

その使いの御方に連れられて、わらわはそのまま厨川、そなたは初めて聞く名前の地であろうが、その地こそは一族の最後の決戦の場になった柵のあった地。その厨川に近い山里に用意された、人目につかぬ粗末な住まいに落ち着いた。

ただ一人の側仕え女と共に、暫くそこに隠れ暮らすように申された後、その使いの御方は、一の前様の伝言とて、こうおっしゃられた。

「そなたは我が安倍一族の誇り高い女人。その上まだ十分にお若いゆえ、この先に望みを、きっと捨てずにつつがなく過ごされよ」……

瞬きもせずに聞き入っていた明萩は、思わず、というように声を上げた。

「我が父がずっと心に掛けて来られたのは、そういうわけからだったのでございますね。父は陸奥を離れて以来、寝ても覚めても、残して来た年端の行かぬ媛の身を思わぬことはなかったと、そう申しました」

さようか、父御はそれほどにわらわのことを……、倭加の前はそう言うと、そっと涙を拭い、小さく明萩に笑いかけた。

そして話し続けた。

……それから、どれだけの年を経てからかのう、突然わらわはこの平泉に呼び寄せられたのじゃ。そして、一の前様がおのれの命を張って守り育てられた清衡様の、その妻として迎えて下された。そんなことがこの身の上に本当にあるのかと、余りの思いがけなさに、俄かには信じられなんだ。

夫の清衡殿は、前の夫とは違って、それはお優しい御方じゃ。母一の前様とともに、どんな屈辱にも苦難にも耐えて来られて今日がある故かのう。

……そんなことでの、一の前様は安倍の女ごのわらわに取っては、この上なき恩人。そして清衡殿は、わらわが御産み申した大切な息子基衡の父君じゃ。これ以上、何を望むことがあろうか。父御には、今のこのわらわをご覧頂き、心より安心して頂きたいものじゃ……。

相変わらず、瞬きもせぬようにじっと聞き入る明萩を前に、倭加の前は思った。ここにまた、思いもかけなかった安倍の血を引いた女人が……、と。

そう思った倭加の前が考えたのは、何であったか。

それは期せずして、かつて一の前が考えたことと重なった。

ようやく長い旅路から解放されて、ゆっくりと休養をとった明萩媛は、その僅かに吊り気味の細い切れ長の瞳が、たしかに唐人女性の娘かも、と思わせることはあっても、陸奥の美しい女人としても少しも不自然さを感じさせる雰囲気はなかった。

やがて、基衡よりかなり年上のこの明萩媛は、清衡と倭加の前の勧めによって基衡の妻に迎えられ、萩の前と呼ばれるようになった。

そして数年、清衡と倭加の前にとって孫となる、三代目の千寿丸をもうけたのだった。

莫大な富を蓄えたという父宗任が、陸奥に残して来た娘、倭加媛を気遣って明萩媛を送り出したというだけあって、この媛の携え来た財物は、女人のそれとしては半端なものではなく、奥州に冠たる清衡でさえ目を剥くほどのものだった。
宗任は、その財をどれほど自分でこの陸奥に持ち来たり、長らく会えぬままの娘の、その境遇の変化を心配して、届けてやりたかったのかと、清衡も倭加の前も、ともにその心中を思いやったのだった。

そのことがあってから、御館清衡が、遠い博多の地まで手を廻して、大陸からこの国に運ばれて来る美しく貴重な陶磁器の数々、また香木などを、以前にも増した熱心さで買い入れ、平泉の地に運ばせるようになったということには、倭加の前、明萩媛の姉妹も、さすがに気が付いてはいないようであった。

そんな奇しき縁によって結ばれた基衡夫婦だったが、やがて、難題に立ち向かわねばならなくなった。

朱夏の章　基衡［萩の前］から秀衡へ

〔朱夏の章〕

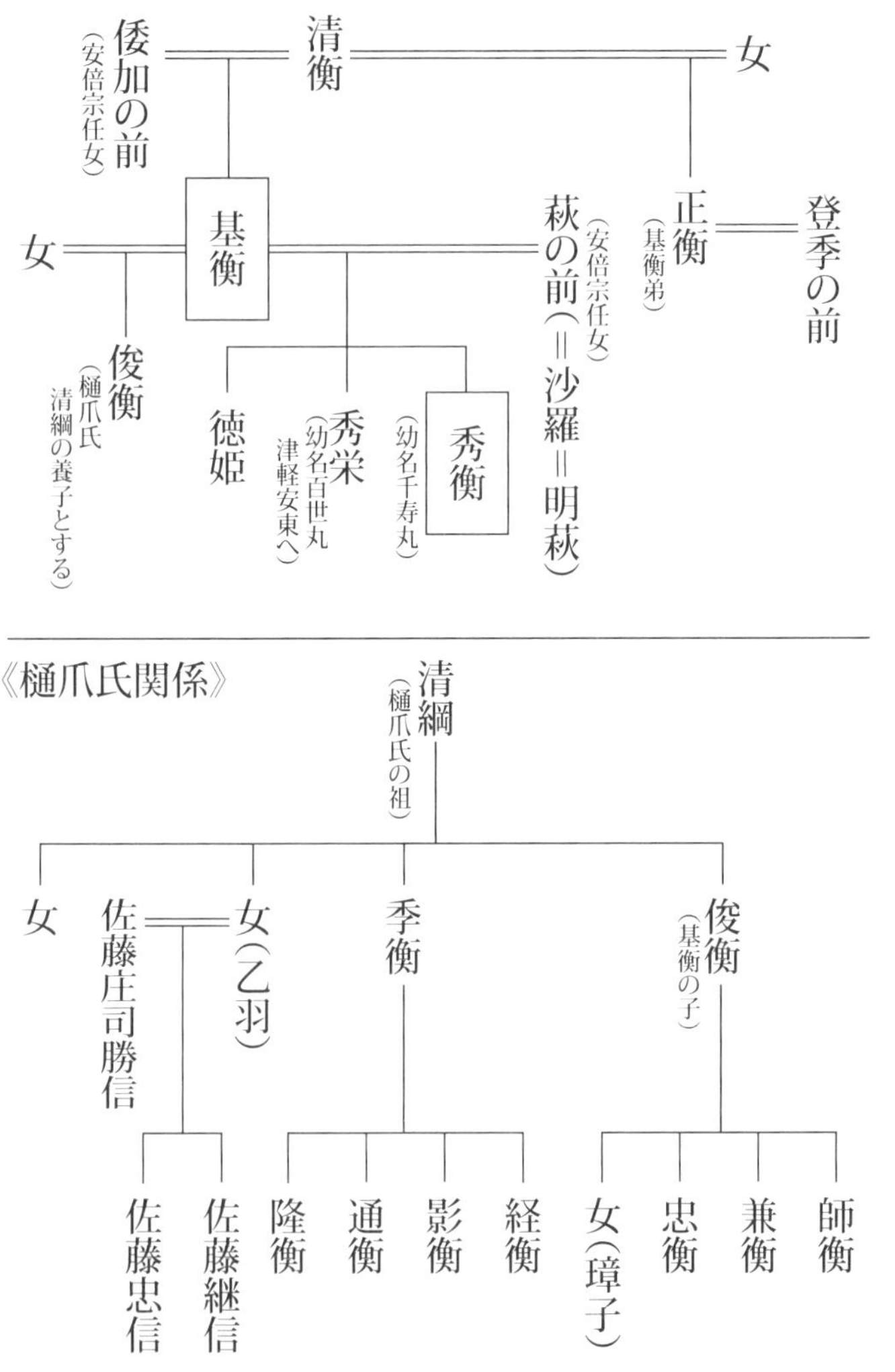

清衡
倭加の前（安倍宗任女）
女
基衡
女
萩の前（安倍宗任女）（＝沙羅＝明萩）
正衡（基衡弟）
登季の前
俊衡（樋爪氏 清綱の養子とする）
徳姫
秀栄（幼名百世丸 津軽安東へ）
秀衡（幼名千寿丸）
《樋爪氏関係》
清綱（樋爪氏の祖）
女
佐藤庄司勝信
女（乙羽）
季衡
俊衡（基衡の子）
佐藤忠信
佐藤継信
隆衡
通衡
影衡
経衡
女（璋子）
忠衡
兼衡
師衡

基衡の試練

一

父清衡亡きあと、平泉藤原棟梁の座は自分が継ぐもの、と思っていた基衡の目の前で、かつて在りし日、父清衡が危惧して話していたことが、現実の事として起こってしまった。

そのことを密かに基衡の耳に入れたのは、亡き父清衡の北の方、詔子姫だった。

この北の方は、都のやんごとなき家柄の姫で、あの源義家将軍の母方の縁に連なるという平氏の女性。奥州に覇を唱えるに至った清衡が、義家将軍との縁により都から迎えた姫である。

だが、この姫がもうけたのは女子ばかりで、不幸にも男子に恵まれなかった。

男子には恵まれなかったが、都から迎えられた北の方として、周りからも、ほかの妻たちからも、一目置かれる存在だったのは言うまでもない。

清衡もまた、そんな北の方の負い目を優しく気遣った。

とはいえ、この北の方の淋しさ、負い目は、端の者が考えるより、はるかに重いものだったに違いない。

　華やかな都を遠く離れたこの陸奥で、頼りになるのは、自分に付き従って来た従者や侍女たちと、そして夫である清衡だけ。その日々は、北の地に生まれ育った者たちには想像もつかぬほどのわびしさだったのではないか。

　だが、長子惟常と二子惟人をあげた綾女は、男子に恵まれぬままに、「北の方」と呼ばれて日々を送る女人の心わびしさに、あまり思い至らぬような、どこかのんびりし過ぎているようなところがあった。

　別に性格が卑しいとか、ねじけているとかいうのではないから、表立って対立するようなことはないが、都育ちの北の方にとって、細やかな心遣いに欠けるこの女性は、今一つ、心の通わぬところがあった。

　すると、自然に北の方の心は別の妻たちの方へ、ということになる。

　北の方にとって、一族が滅ぼされると言う不幸に遭い、夫清衡の妻に迎えられるまで、心もとなく侘しい日々を生きて来た倭加の前は、そういう意味では、心を通わせることの出来る女人だったのか。

　そのことが北の方には、夫にとっては長子である惟常よりも、倭加の前の生んだ基衡に心を寄せて行くもとになったようだった。

長子惟常は、父清衡の存命中に羽後に封ぜられて、以来、平泉の御館《みたち》の呼称に対して、羽後の小館《こだち》と呼ばれていた。

この小館の母綾女が、息子は清衡様亡き後、嫡宗権は長子である自分にある筈、と常々言っているのだが……と、北の方に洩らしたのだ。

「北の方様はこのことについて、いかが思召されましょうか」

そんなことを、まるで隣の牛が仔を産みました、というほどの暢気な口調で言った綾女の言葉に、北の方は驚き怪しんだ。

それを自分の中だけにしまって置きかねて、北の方は、ある時そっと基衡の耳に入れたのだった。

兄惟常の、思いもかけないその心中を知って、基衡も仰天した。

父からは、北の方が男子に恵まれなければ、安倍一族の血を引くお前がこの陸奥の地を、この後も相争うことのない仏の地となるよう命がけで守れ、と言い聞かされて育った。その言葉こそ父が自分に嫡宗権を、と考えていたことの証しではなかったか。

父はこうも言っていた。かつて清原一族の内紛に巻き込まれたことを、「睦まじく育った兄弟といえども、父が違い、母が違えばそれぞれに一筋縄ではいかぬものよ」と。

気性に激しさのある基衡の決断は早かった。相争うことのないように、と言った父の言葉は一旦頭の隅に追いやり、是非もなし、とばかりに、その言葉に逆らう道を選んだ。

こうして兄惟常の気持ちを知った以上、争いの芽は一刻も早く摘まねばならぬ、と考えたのだ。

時をおかずに基衡は兵を動かし、機先を制して羽後に惟常を襲った。

時を失すれば争いの種は広がり、都の知るところとなる、その結果都からの介入でもあれば、清原一族の内紛の二の舞になりかねぬ、そう考えた。

襲われた惟常は、まるで基衡の襲撃を予知していたかのように、望むところ、とばかりに即座に打って出て来た。

亡き父清衡の願いは空しく、兄弟合戦の火ぶたは切られてしまった。

激しい攻防の末に、惟常は基衡にじりじりと追いつめられ、遂には逃げ場を失い、幼い息子や僅かの従者とともに小舟で海に逃れ出る仕儀となった。

越後を目指したらしい、というので、基衡の軍はこれを陸地沿いに追った。

海上に出た惟常の方は、小舟では到底激しい波風に耐えられず、ほうほうのていで陸地に上がった。ところを基衡側の兵に捕まった。そして父子はともに首を刎ねられてしまった。

こんな時の基衡には容赦がなかった。

これで争いの芽は摘まれたか、と思われたが、しかし、事はこれでは収まらなかった。

二

その頃、母が同じの兄惟常とは別に、平泉にあった弟の惟人は、基衡が兄を討ったと知って、衝撃を受けた。

基衡が兄を襲った事情を周りから聞かされはしたものの、いきなり武力で潰すとは何事ぞ、とばかりに激しく怒り狂った。

彼は基衡を憎しみ恨み、時を置かずに意趣返しの戦さを仕掛けてきた。

基衡も気性が激しいが、劣らず気性の激しい惟人は、怒りに任せ、父清衡が建立した寺院の一宇に火を放つという暴挙に出てしまった。

後先もなくこんな暴挙に出た惟人に、基衡は激怒した。

何の戦準備も無いままに猛り狂った惟人は基衡の敵ではなく、彼もまた、さしたる時もおかずに基衡に討たれてしまった。

母の違う兄弟を二人ともに討ち果たして、だがそのことに心を傷めている余裕は基衡にはなかった。

こんな一族の争いがもし都に知れてしまえば……。

そうなる前にこの事態を無事に収束させ、陸奥が都からの大波を受けぬようにせねばならぬ、と考えた。

そんな思いの基衡に、博多からはるばるやって来た萩の前は、夫の苦悩を見かねたように、そっと言った。

「北の方様にお願いなさりませ」

「北の方様にと？　そなた、何を血迷うたことを。気は確かか」

「はい、確かでござりますとも。実は……、やんごとなき方の姫君であられる北の方様は、男子もないゆえ、夫清衡様が亡くなられてしまった今、ゆくゆくは都へ戻りたいというお望みがおありのように伺っておりまする」

「それは初耳じゃ。じゃが、それとこの度の事の収束とは……」

「はい、なれば、北の方様に都のしかるべき御方々に貢ぎ物をお届けいただきましょう。さすれば北の方様が都へお戻りなされる、それが良き花道にもなるやも知れず。これこそ女人の身にこそふさわしき用向き」

　そして萩の前はこう付け加えた。

「唐人との会話にいささかの不自由もあった父を助けて、我が母はどんなことでも致しました」

「ずっと不思議に思っていたが、そなたの父御宗任様は、あの地で自ら唐人の言葉を覚えられたのか」

「さように聞いておりまする。唐人坊の住人たちに立ち混じり、彼らの言葉を時をおかずに、と」

「なるほどのう、いかに御努力を重ねられたことか」

「亡き母が申しますには、父には並みの者には考えられぬような能力があり、言葉の覚えも殊のほか速かったのだけれど、わざと理解出来ぬふりをして、唐人の母の助けを借りて見せることもあったと」

「ふーむ」

「そのほうが、唐人相手の時は、相手により安心感を与えるのだと申していたと。父のそんな所も、とても信頼していると母は申しておりました」

「そんなふうに人の心も掴んで、たいした御方じゃのう」

「でござりますれば、女人にこそふさわしいお役目も、世の中には思いのほか多くあるものかと」

「しかし、平泉の棟梁たるこのわしが、女人の力に頼るとは……」

「この私めとて、我が夫であられるあなた様の、お力になれるお役目があらば、身命をかける覚悟」

「うむ」

「ですがまことに残念なれど、博多育ちのこの私には、京の都の消息は、皆目見当のつかぬこと……」

そんなふうに、基衡はやんわりと背中を押された。

平泉の棟梁としては、甚だ気の進まぬことながら、彼は渋々と言う態で北の方の元を訪ねることにした。

じっと基衡の言う事に耳を傾け、そして神妙に頭を下げられると、北の方は案に相違して、にっこりと笑顔を見せた。それから意外にもあっさりとした調子で言った。

「よろしゅうござります。ようもそんな重大なお役目を打ち明けて下された」

その余りにも簡単な引き受け方には、基衡の方が拍子抜けした。

北の方はそこで調子を改め、しんみりとした口調で言った。

「我が夫清衡様のために男子もあげられず、これというお役にも立てなんだこの身を、清衡様は常に優しく気遣って下された。その身が今こそお役に立てるとは嬉しき限り。命にかけても、必ずやり遂げて見せましょうぞ」

京の身分の高い家の姫、という身であってみれば、おそらくこんなことは驚き怖気づき、承諾はするまい、そう思っていた基衡の方が呆気に取られた程、毅然と承諾の言葉を口にしたのだった。

この女人は、北の方として迎えられながら、男子なきゆえにどれほどほかの妻たちの間で肩身が狭く、哀しい思いを抱えて今日までを過ごして来たか……。基衡も、そして基衡からその言葉を伝え聞いた萩の前も、ともに胸を衝かれる思いだった。

それにまた、この出来事は基衡に、常は美しい衣に身を包み、控えめに穏やかに過ごしているとばかり思っている女人たちの中にも、男に劣らぬ強いものを秘めている者がいるということを、初めて気づかせたのだった。

妻の萩の方は、何事もないような調子で北の方の助力を得る提案をし、そして北の方もまた、すこぶる機嫌よくその提案を受け入れた。

基衡には、それらはすべて思案の外のことであった。


北の方は、基衡に依頼された役割を、見事に果たした。

夫、清衡公の一周忌の法要に列なった後、貢物の数々を山と積んだ名馬の列と、数多の従者を従えて都に入った北の方は、まず鳥羽院に伺候した。

そこで、その年の夏に身罷った白河院の死を弔い、合せて鳥羽院の院政の始まりを祝して数々の珍宝を捧げた。

そうして、その上で、先年亡くなった陸奥平泉の夫清衡に代わって、その子基衡が、このたび無事に嫡宗したことを報告したのだった。

それを無事に済ませた上で、関白殿下初め、清衡の人柄を見込んでくれた源義家以下、これとおぼしき有力貴族のあちこちにも、過分な挨拶の貢物を配り歩き、それとはなしに、御曹司基衡が、敵対した小館惟常を討ち、争いの芽は摘まれた、平泉は基衡の元に結束しているという経緯を伝え歩いた。

その役目を滞りなく終えた後、萩の前が言っていたように、北の方はそのまま都にとどまるという道を選んだのだった。


この出来事があってから、基衡は、一朝「こと」が出来した時の用のため、京の都に平泉の出先ともいうべき機関を置く必要を痛感した。

そしてやがてそれを実行に移し、そこの倉には、いつでも用立てられるように、常にあふれるほどの財物を蓄えて置くようになった。

父清衡が常に目配りを欠かさなかった都、この平泉の安寧のために、やはりそれは重要なのだと、基衡は思ったのだった。

そしてまた、基衡は、萩の前を娶った頃、母が言っていた言葉を今さらながらに思い出した。

母、倭加の前は言ったのだった。

「そなたの父御清衡様は、ずっとお若い時分に都に上られ、存分に見聞を広めておいでなされた。それが後に、この陸奥を浄土になすためにどれほどお役に立たれたことか」

若い父が京の都に滞在したことがあった……、それは基衡が初めて聞くことだった。

「けれども私は、立派な父君の側で育つそなたには、そのような経験はさほど必要あるまいと考えており申した」

そして、その後で母はこう続けた。

「じゃが、それは私の考え違いであったかもしれぬ。我が妹にしてそなたの妻となった萩の前は、長い長い旅路のなかで、そなたの分まで広く世の中を見て来た女人。それ故そなたにとっては、きっとこの上なく良き伴侶となるであろう。この後、二人の間に生まれた御子にはまた、お若いうちに存分に見聞を広げさせなされませ」

伽藍建立

一

幼い日には予想だにしなかった、血を分けた兄弟と弓矢を交えるという不幸を乗り越え、名実ともに平泉藤原の二代目棟梁となった基衡。

その初めの大事業は、惟人の暴挙で焼失した、毛越寺山内の寺院を再建することだった。父清衡が精根傾けて建立した伽藍が焼失してしまった、その悔恨の中で基衡は、心中、以前にも優る壮麗な建物を再建して父に詫びよう、と誓った。

亡き父の北の方の巧みな助力により、都からの干渉の芽を摘むことが出来た基衡は、存分に、精力的に活動を始めることが出来た。

陸奥の富を惜しげなくつぎ込み、都から膨大な数の工人や仏師たちを呼び寄せた。そのための代価の絹や珍宝の数々を積んだ荷駄の列、それらの往来で、都と平泉の間の道は人馬の列が途切れることはないほどになった。

高名な仏師に仏像の制作を依頼するための礼物は、陸路を運んだのでは到底運びきれぬとばかり、船に積んで海路で都を目指した。

それから実に十年の歳月を要し、毛越寺山内に壮麗な円隆寺の建立は成った。

基衡が平泉の棟梁になってちょうど十年目のその五月、若葉の美しい季節に、基衡はこの寺院の落慶法要を挙行した。

そしてその後、亡き父の供養のために、寺院の再建を志した当時から、多くの僧の手で続けられてきた写経をも完成させた。

萩の前との間に生まれた千寿丸は、元服して秀衡となり、次子の百世丸も続いて元服し、秀栄《ひでひさ》となった。

奥州基衡の基盤は、今や傍目にもすっかり盤石なものとなった。

さらに基衡は、父清衡や自分のように、きょうだい相争うという悲惨なことのないようにと願い、将来の憂いを取り除くべく、次子の秀栄には元服して早々に、養子に出す先を考えて縁組をせねばと考えた。

それというのも次子秀栄は、父親である基衡の目から見て、長子秀衡にも劣らぬ聡明さと胆力を備えているように思えた。

いずれ劣らぬ、ともに優れた資質の男子二人に恵まれたのだ、常なら親として、どれ程悦ぶべきことであろう。だが、父清衡や自分の経験が、基衡を素直に悦べる気持ちにはさせなかった。

もし、年の差もあまりない、優劣つけがたき能力を持った兄と弟が、この先不幸にも考え方を違えることがあったらどうなるか……。

その危惧を口にすると、母親の萩の前もまた、その気がかりを口にした。

「そういえば、昔、博多で貿易に携わる我が祖父が、こんなことを申したことがありました」

「ほう、こんなこと、とは？」

「お前の父親は、流人でなかったらどれ程大きな働きをする男であったろうと」

「ふむ、志を持って彼の国から、はるばる海原を越えて来た勇気をお持ちの、その祖父なる御方がのう」

「はい。それで、宗任のような器の大きい息子たちを、何人も束ねたその父親というのは、もっと大きい男じゃったろうと」

「なるほど、のう」

「きっと皆々それぞれにその位置を与えることが出来た、素晴らしい力と、そして大空の如き広い心を持った父親であったのだろうと」

「ふむ……」

　さすれば……、と基衡は考え込んだ。このいずれ劣らぬ二人の息子に、それぞれの位置を与えてやるのは、父親であるこの基衡の仕事。

　しかし、父の清衡とて、それぞれにその位置を与えようと、兄惟常には羽後を任せたのではなかったか。だが兄はそれでは満足しなかった。

　ならば自分は、次子の秀栄を、存分にその力を発揮出来る位置に置くためにはどうすれば良いか。

　無論のこと、秀衡と秀栄は父も母も同じ兄弟なのだ。その絆は、かつての小館と自分のそれとではおのずから違うのだ、と基衡も考える。

　だが……、基衡は、自分たち兄弟の轍を踏ませぬために熟考した。

　結果、秀栄の位置として答を見つけたのは、津軽十三湊の安東水軍であった。ずっと以前から、安倍一族との深い縁に繋がる安東水軍との間には、今日に至るも往き来があり、しかも今、安東一族は大陸との交易にも手を広げ、日の出の勢いで隆盛している。

　この平泉とはまた違った意味で、北の地に隆盛を極めている安東水軍ならば、秀栄も、そのますますの隆盛のために、腕の振るい甲斐があるのではないか。

安東で存分に力を発揮出来れば、かつて羽後に封ぜられた兄小館のように、秀衡の位置を窺うこともないのではないか、と思われた。

父清衡も兄弟相争い、自分にもまたその運命が待ち受けていた。次の代を担わせる秀衡にこそは、そんな過酷な経験はさせずに済ませてやりたかった。

やがて基衡のその考え通り、次子秀栄は、安東水軍の養子（婿入り）となることに話がまとまった。

二

そんなある日のことだった。

妻の萩の前が、基衡の前に居住まいを改めて言った。

「わが御館に、この度は折り入ってお願いの儀がござりまする」

何なりと、と気楽な気持ちで応じた基衡に、萩の前は静かに淡々と、しかし驚くべきことを口にした。

「わたくしも、御寺を建立しとうござりまする。どうぞお許しを」

基衡は驚いた。まるで綺羅《きら》の衣が一枚欲しい、とでも言っている調子だった。

「寺と？　毛越寺に立派な伽藍を建立したばかりではないか。そなたの持つ人脈と助力もあって、唐、天竺の果てからも珍宝珍木を買い入れることが出来た。まこと、あれ程荘厳を極めた御寺は、都の地にも滅多に建立されておるまい」

「それはまことに重畳、お祝い申し上げますれど、この地の御寺は、御父君様の代より皆、この地の人々の鎮魂と安寧を願ってのものと聞き及び……」

「うむ、まさしく」

「わたくしが望みおりますのは、こちらへ参る前に身罷りましたわが母の、その御霊の鎮魂をと……。わたくしの母はご存じのように唐人の娘で……」

その言葉に基衡は驚いた。正直言って、一度も顔も見たこともない萩の前の母親のことなど、基衡はこれまで考えて見たこともなかった。

自分の妻になった萩の前は、安倍一族の宗任の娘、祖母の一の前には姪にあたり、そして母倭加の前の妹、としか考えたことはなかった。

萩の前は唐人の母を持つ女人。この地に辿り着いた当座、確かに本人からそう打ち明けられた話なのに、共に暮らすうちに、基衡は見事にそのことを忘れ果てていた。

萩の前の顔をまじまじと見つめ、そして次の言葉を待たずに基衡は言った。

「そなたの気持ちはよく分かる」

「おそれながら……」

「そなたはこれまでずっと、一人密かに母御の供養を願いつつ暮らして来たに違いあるまい。宗任様の大切な御方であった母御の……」

「…………」

「そこに思いが至らなかったこの身の至らなさよ」

「いえ、そのようなことでは……」

「良かろう、唐びとでも陸奥びとでもかまわぬ、皆等しく、これまでの我ら一族に連なる女人たちすべての霊を鎮魂し、この後も、女人たちすべての安寧を願うが良い」

「まことにお心の広き、有難きお言葉」

「完成なった円隆寺にも劣らぬものにするが良い。そのための費用は惜しまぬ」

「いいえ、滅相もございませぬ。これはこのわたくし一人のささやかな望みでありますれば、御寺は、我が父がわたくしに託し下された財のみにて」

「遠慮は無用じゃ」

「いえ、遠慮ではございませぬ。御寺の結構の大小よりも、そうしてこそこのわたくしが、心より多くの女人たちのために祈れるというもの。わたくしの父も、それをこそ望みますものと……」

「……うむ」

「そしてその御寺には、阿弥陀仏を招来致したく……」

「良かろう」

「有難きこと。では、その建立の場所はいかが致しましょうや」

「何ともはや、そなたの気の早きこと。良い良い、暫し待たれよ。この基衡が最も良き地を選び出してやるでの」

そんな会話の後に、暫くして基衡が定めた場所は、建立なった円隆寺大伽藍からすぐの、その東側の僅かに奥まった場所だった。その前には池を擁した美しい庭園もしつらえるが良い、との基衡の提案は、萩の前を悦ばせた。

だが実はこの時、萩の前は夫基衡には打ち明け兼ねたことがあった。

それは父宗任が自分に託した願いだった。

父は言ったのだ。

「我が一族が滅ぶまで、国見という里に、極楽寺を初め幾百の寺坊が甍を連ねていて、そこが一族の祈りの場であった。その地に、小さな伽藍一つで良い、建立して一族の者たちの菩提を弔ってはくれぬか。そなたが姉と無事に出会うことが出来たら、二人して力を合わせて」

その言葉を、萩の前は忘れない。だが自分は今、この平泉の御館と呼ばれるひとの妻の立場。この仏都平泉には、先代の清衡公が心血を注いだ関山という聖地がすでにあって、多くの寺坊が群れ建っている。

その関山を、清衡公は、安倍一族は言うに及ばず、戦乱で命を落としたすべての陸奥の人々、いや、それだけではない、獣や鳥、魚の果てまでの祈りの場としたのだ。

そんな中で、自分がまだ行って見たこともない国見の地に、伽藍を、というのは、夫には言い出しかねることだった。

父はこの陸奥の平泉の今を知らぬままにあんなことを言ったのだから、建立する地を国見に、と、必ずしもこだわることはあるまい、それよりもこの平泉で、母や多くの女人のために何時でも祈りの出来る場を……と、萩の前はそう自分に言い聞かせたのだった。

それから数年、萩の前の周到な計画と審美眼を傾けて成った御寺は、円隆寺の規模には及ぶべくもない規模ながら、その荘厳のほどは決して円隆寺にも劣らぬものとなった。

本尊の阿弥陀如来の壇はあえて銀一色にして、それを取り巻く高欄を金一色とした。

観自在王院、と名付けたその御寺、通称阿弥陀堂と呼ぶことになったそこの四方の壁面には、かの大陸の国の古い都、洛陽の霊地として名高い補陀落寺を初め、高名な寺院や名所の様子が、金銀をちりばめて鮮やかに描かれた。

美しい丹色に彩られた御寺の前面に広がる、池を巡らせた庭園もまた、かの国の作庭を模したものであった。

かの国に生まれ、父母に伴われてこの国に渡り、思いもかけなかった縁によってこの国の陸奥のひとを夫にし、そして自分という娘をもうけて亡くなった母を偲んでの、萩の前の心からの供養であった。

さらにこの観自在王院の正面に向かってすぐ右隣に、萩の前は小さな一つの御堂を建てた。

遠い博多の地を発つ折に、父が持たせてくれた大切な御仏、朝な夕な自室で祈り奉っていた念持仏の阿弥陀像を、ここに鎮座させたまい、それより後、観自在王院の脇のこの小阿弥陀堂は、萩の前の日々の祈りの場となった。

宋版一切経

一

その日も萩の前は、小阿弥陀堂に籠って祈りをささげた。

外は雨。この数日、雨は降ったり止んだりで、関山一帯は緑が瑞々しさを増していた。

薄暗い堂から外に出ると、萩の前は庇の下から雨空を見上げた。

その目を前方に移すと、庭園の池の端に植えられた蓮の花々は、蕾が大きくふくらみ、やがてこの世ならぬ美しい花を咲かせる予感に満ちていた。

その池の面に、雨は細い糸となって次々と吸われてゆく。

そんな雨の行方を見つめていると、母が亡くなり、父と別れて以来の日々のことが、走馬灯のように脳裡を駆け巡った。

唐人の祖父と、父宗任の住む博多からこの地までの旅は、女の身には想像を絶する困難を伴うものだった。それでも萩の前にとって幸いだったのは、父宗任が娘のためを思って選んだ、屈強な従者たちかあった事である。

宗任はその財力にものを言わせて、娘の亡くなった母親の父、つまり祖父を介して、かつて自分同様に囚われてこの地に送られていた奥州の男たちを何人か、密かに役人から貰い受けたのだ。

咎を解かれたばかりか、夢にまで見た故郷の地に帰れる、その道を付けてくれたのはかつての陸奥の棟梁の安倍氏、と知って、彼らは感涙にむせび、

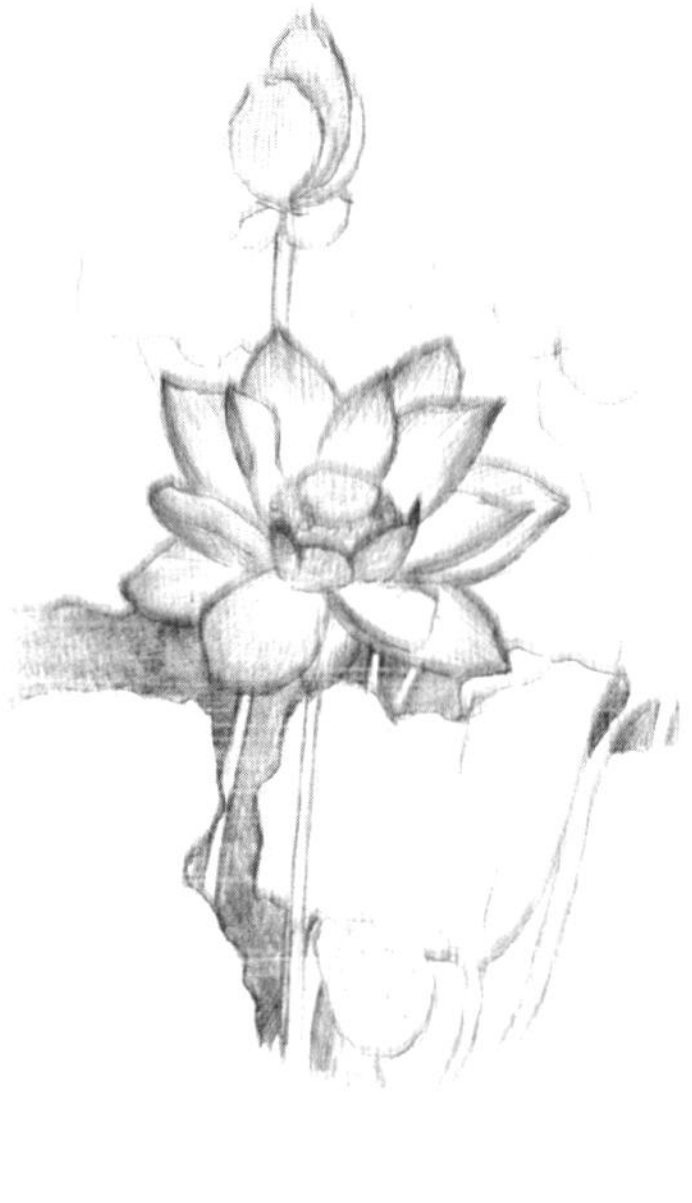

そして命に代えても棟梁安倍氏の娘御を守り通すと誓ったのだった。

半年を超える長い道中、様々な災難に遭遇はしたが、この従者たちのお蔭で命を失うこともなく、こうしてこの地に辿り着いた。

そして、思いもかけず「奥州の覇者」の妻としてここに座り、今は御仏に祈る平安を許されている。

「思えばこの自分とは、何と幸せな者……」

もうけた二人の子も、親の目から見ても、甲乙付けがたき頼もしき男子。これは決して、自分の手柄などというものではあるまい、と萩の前は考える。

彼の地から渡来した、祖父母の勇気ある進取の気性、そして父宗任に連なる安倍氏という、果敢にして勇猛な気性、それらの流れの中に生まれ落ちた秀衡と秀栄なのだと。

母が亡くなって暫くの後、父宗任に側近く呼ばれ、この奥州への旅を懇願された時は、正直言って仰天の極み、だった。そんなことなど、到底現実には出来るわけがない、と考える自分がいた。

若い娘に、独りで北の果てまで旅して欲しいなど、そんなことを頼む親がこの世にいるものだろうか、と。

だが、その時父は言った。

「いかにもそなたはまだ若い。そんな娘にこのようなことを言うのだ、そなたはこの父を恨みさえするかもしれぬ。じゃが……」

「……じゃが？」

「あの路地に迷い込んだ、囚われ人のこのわしを、恐れ気もなく夫と選んでくれたそなたの母。その母の娘なのじゃ、そなたは。そしてこの父は、奥州の地の覇者と言われた安倍の者」

「…………」

「そなたゆえ頼むのだ。今の父の、ただ一つの気掛かりを、どうか解いて欲しいのだ」

父はそう言って、奥州に残した自分の娘のことを始めて打ち明けたのだった。

そんな父の、肉親への情の深さにこそ自分は守られてきた。ならば、その情に恵まれなかった、たった一人の姉なる人のために、自分は勇気を出して旅立たねばならぬ、そう決心したのだった。

自分の命を育んでくれた、そんな父と母の恩。再三にわたってしみじみと萩の前が思うのは、そのことだった。

夫の基衡が、「北の方」と呼ぶべき女人を他に娶ろうとしない故、秀衡と秀栄の存在を脅かしそうな男子がほかにいないことも、萩の前は要らぬ気苦労から無縁でいられた。この上は秀衡と秀栄が相争う事なきようにと、その一念のみだった。

一人、秀衡や秀栄の後に、萩の前も知らぬ女人との間に男子をもうけたが、その男子は、ここから北の樋爪の地に住む一族、清綱の養子としたと、これは基衡自身から聞かされた。俊衡と名付けたその男子を、清綱の養子とするに至った経緯についても、基衡は生前の父清衡との会話を、包み隠さずに打ち明けてくれた。

そんな基衡に、萩の前は、戯れ言を言うように尋ねたことがある。

「力のあるおのこの方々は、誰もが皆、多くの妻を得ようとなさるのでござりましょう？多くの男子をあげるために。御館はどうして……」

それに対して、夫の基衡は言ったものだ。

「安倍の棟梁だったそなたの祖父、頼時様のように、何人もの女人が何人もの男子をあげて、皆つつがなく育ち、そして父を敬い、どの兄弟にも異心がなく、というのであれば、それは戦いつつ生き抜く親にとってはどれ程心強いことか。だが見よ、わしの父もこのわしも、母の違う兄弟は禍々しき間柄にしかなり得なかった。わしはそんな思いは秀衡や秀栄にはさせとうはないのだ」

そしてまた、こうも言った。

「だからの、父御館の望みであった通り、別腹の俊衡のことは、早々に樋爪の清綱のもとへ養子として預けたのじゃ。いまはこの平泉を継ぐ者は秀衡一人のみ、それで良い。争いの種は蒔かぬに越したことはない」

そしてさらに、それこそ戯言を言うような口調で付け加えたのだった。

「せっかく伯父宗任様とわが母御がくれたそなたとの縁、これこそは何より大事にせねばならぬ仏縁であろうよ……」

愛する父とも涙ながらに今生の別れをし、難儀に難儀を重ねて長い旅をして辿り着いたこの奥州の大地は、大空は、かくも温かく自分を抱き取ってくれた。

この地こそ、そしてこの夫こそ父が私に与えてくれた極楽、私はここで皆の平安を願いながら往生するのだと、萩の前はしみじみとそれを想った。

二

それにしても……、雪麻呂が連れてくるはずの輿の遅い事、と階《きざはし》に腰を下ろそうとしたちょうどその時、その従者雪麻呂が息せき切って駆けてくる後ろからやって来たのは、いつもの輿ではなく牛車。

その上から、牛車の御簾を上げて、「ここへ乗られよ」と呼びかけて来たのは御館、基衡その人だった。

聞けば円隆寺に参ったちょうど帰りだと言う。

そして基衡は言った。

「一刻も早く、そなたに聞かせたきことがある。これへ乗られよ」

そうは言われても、男用の牛車。その上女人用の高い踏み台もなく、従者たちの手前もある。萩の前は恨めしそうに夫を見上げて躊躇した。

が、基衡の重ねての強引な誘いに、しまいには従者たちに抱き上げられるようにして乗ってしまった。

「一刻も早くとは、何事でござりまする」

「ふむ、まあ良い。一刻も早く聞かせたいが、そなたが悦びそうな勿体ない話ゆえ、館に戻ってからゆるりと、という気分でもある」

「まあ、そのような戯言をおっしゃるなら、私は輿で帰りましたものを」

「そう機嫌を損ねるではない。ならば……」

と言いつつ基衡が言って聞かせたその話というのは、海の向こうの宋の国から、経文を招来したい、というものだった。

「どうじゃ、驚いたであろう」

子どものように得意げにそう言った基衡に、萩の前は澄まして言った。

「いいえ、少しも」

「何？　少しも驚かぬと？　海の向こうの国から、ということじゃぞ」

萩の前はさらりと答えた。

「いずれそのうち、関山の御寺の僧のどなたかが、先代の御館様に倣って、御館にもそれをなさるようお勧めなさるのでは、と思っておりましたから」

「ほう……。まことにそなたという女人は……、つくづくと宗任様の娘御、と思うわい」

「それなれば御館、ぜひ第一級の経文を」

「うむ、無論じゃ」

「出来得るなら、一切経を。そして……」

「そして、何じゃ」

「はい、この私にも対価の一部なりと、納めさせて下さりませ。父と母の良き供養になりまする故」

「いやいや、そなたは御寺建立を、女人独りの力で成し遂げた。これはこの基衡に……」

「まあ、でも御館こそ、この上なき立派な御寺を……」

「それは元々、我が父御館の建立になるもの。このわしの不徳によって焼失したゆえ、心を込めて再建申し上げたまで。わしはいまだ、そなたに比べられるような仏徳は積んではおらぬ」

「あら、まあ……」

萩の前は、衣の袖口を口元にあてて笑いをこらえた。

「何じゃ、わしは何か、おかしい事を言うたか」

「いいえ、この奥州に比類なき御館が、まるで童のような負けん気を、と」

言われて基衡も、少しばかりバツが悪そうに苦笑しつつ言った。

「ならば、ついでながらそなたへの負けん気を披瀝《ひれき》しておく。実はの……」

「は……？」

「わしも、そなたに負けずに御寺を建立することにした。場所は円隆寺のすぐ隣の地じゃ」

「まあ……」

「ま、そういうことじゃ。で、宋国からの経に、そなたの助力は……」

「お気持ちは良く分かりましてござります。したが、かの国のしかる御方に渡りをつける、それくらいの御助力はさせて下さりませ。かの国は祖父母や母のお国ゆえ……」

「おお、そうじゃ。それこそは頼もしき助力」

牛車の上での話はそこまでで、あとは館に戻ってからゆるりと方策を考えるという事にして、二人は申し合わせたようにそれぞれが座った側の御簾をあげて外に目をやった。

いつの間にか雨は上がり、道の両側に広がる緑は、洗われたように艶やかさを増していた。

「あれ、御館、ごらんなさりませ、あの御山の上にあのように美しい虹が」

萩の前のその声に、基衡もそちら側に目を移した。厚い雲間から晴れ間が広がり、関山の彼方の空に、美しい虹がうっすらと半円を描いていた。

信夫の庄

一

宋の国で木版印刷されたという膨大な一切経（註・仏陀一代の教説の集成である経蔵、釈尊の制定した戒律を収めた典籍である律蔵、法と義を論述した聖賢の所説を収めた論蔵。その三蔵及び注釈書を含めた仏教聖典の総称――広辞苑による）を平泉に招来するという一大事業に、基衡は日をおかずに着手した。

そのために基衡が用意した費用は、壮大な寺院堂宇を建立するにも劣らぬほどのものだった。

一字一字を小刀で彫って作る一枚の木版、それを十数万枚と作り、さらにそれを、当時はまだ貴重この上なかった紙に一枚一枚刷り上げるという、完成までは三十年にも及んだかという、気の遠くなるような仕事の結晶なのだ。

木版は彼の国の大寺に、彫り上げたものを厳重に保管してあるにせよ、紙を梳《す》いて刷り上げるだけでも、大量生産など夢にも考えられぬ当時では、やはり気の遠くなるような業。

それ故に、この上なく高価な超高級品。

どんなに財を積んでも招来が難しく、京の都びとの間でも、いまだ誰も招来し得なかった一切経。

それを都から遥か離れた平泉の御館基衡は、かの国における、萩の前の人脈を駆使した人々の尽力によって、何とか実現に漕ぎつけることが出来ることになったのだ。

刷り始めてからその全てをこの国に運ぶまで、さて何年の月日が必要か、その見通しとてつかぬが、いずれにしても実現に目鼻はついたのだった。

であるからには、基衡はもっと明るい顔になっても良いはずだった。

それなのに近頃顔色が優れず、いかにも鬱屈した様子であるのが、萩の前には気がかりだった。

あのように仰せられはしたものの、やはりその膨大な費用のことを気に病んでおられてか……、と気を揉んでいたある日、基衡はふらりと萩の前の居室を訪れた。そしてその気鬱のわけをそれとなく口にした。

かなり年上の妻でもあり、その出生の特異さから、この平泉に下って来る以前も、何がしかの波乱のなかで育ったに違いない萩の前は、女人ながら基衡にとっては頼もしくもある存在。その頼もしさゆえか、この妻に向かうと、つい口がゆるむのだった。

「信夫の庄の季春《すえはる》がことじゃがの……」

言いかけた基衡に、季春様？　と萩の前は首を傾げた。

基衡は、はっとしたように口を噤んだ。

「信夫の庄の季春様と言えば、御館が日頃から、ことのほか心頼りになされておられる御方でござりましょう？」

「………」

「その御方に何か気がかりなことでも？」

「うむ……、いや、何。女人のそなたにうっかり口を滑らせてしもうた。気に留めずともよい」

「気に留めずとも、とおっしゃられても……、そこまでお聞きしたままでは、却って気になりまする」

「うむ……」

「近頃何か気鬱の種でも、と御館の御様子から気になっておりました。何か、わけがござりますのなら、お聞かせ下さりませ」

「うむ……」

再びそう唸って口を噤んだ基衡だったが、萩の前の強い眼差しに押されたか、思い直したように口を開いた。

「実はの、先ごろより、季春の命を差し出せと、再三にわたる国司殿からのきついお達しがの……」

「命を――？　なぜにそのような物騒なことを」

「近来、都からこの陸奥の荘園への年貢取り立てが一段と厳しさを増しておるのだ。このたびの国司殿も、都からの命令で、一再ならず田畑の検注をする。その度に徴税はどんどん上がってゆく」

「さようなお心憂いが、お有りだったのでございますか」

「での、たびたびのその検注に腹立ちを隠せず、季春にも、余り下手《したて》に出ることなく堂々と渡り合い、向こうの言いなりになるでない、と申してあったのだ。そんなところへ向こうのやり方の強引さ、いじましさに激怒した季春が、力づくで検注を阻止せんと、思わず国司殿の従者に矢を射かけてしまったというのだ」

「まあ……」

「都はこの陸奥の繁栄を、決して見逃してはおかぬは算段。わしは近頃少し反省もしておるのだ。父御館は、日頃より注意深く都への気遣いをして、過分な程の砂金や産品を、折にふれて上つ方々への献上を怠らなかった。その甲斐あって、都とは事なきを得て今日の平泉の安泰を勝ち得た」

「…………」

「やんごとなき家柄の、しかもお若かった姫君を北の方にお迎えしたのも、おそらくはそんな都とのつながりを考えてのこと」

「実際、その北の方様には、御館も助けて頂きました」

「そうじゃ。そんなつながりを、考えて見ればわしは怠ってきた。これまで陸奥はわしのもとにまとまり、事もなく過ぎて来たゆえの」

「まことに、先代御館の御志を、しかと継ぎなされた御館のお力」

「うむ、じゃが、都への気配りを、厄介なものとしか、わしは考えなんだ」

「と申されましても、先代御館とて、御館には、都のやんごとなき御方を北の方にお迎えするという方策はお示しにならなかったわけでござりましょう？」

「…………」

「でしたら、それは御館自身の怠り、というのではございますまい」

「いや……。実は、そんな話もなされておいでじゃった」

「えっ？」

「父御館の北の方は幸か不幸か男子をあげなかった。その事について父御館は、ある時申された。それ故安倍の媛が上げたそなたを嫡子とすることが出来た。わしはお蔭で、母御のお望みを叶えて差し上げることが出来たのじゃ、と」

「そのようなことを……」

「そなたにも、しかるべき北の方を迎えねばなるまいとは思うのだが……、と」

「…………」

「わしはそれ以上お聞きせずとも、父御館の心の内が読めた。秀衡を、幼いながらその聡明さが際立った秀衡を、嫡子としたい父御館の心のうちが」

「…………」

「じゃから、わしは即座にお答え申し上げた。私に都からの姫君は無用、との」

「そのようなことがございましたか」

「その点については、それ故、要らぬ憂いからは逃れられたと思っておる」

「その反面……」

「そうじゃ、都のしかるべき方々との繋がりが今一つ、な」

「ならば……、遅ればせながら、何とか方策を講じて季春殿の命乞いを……」

「だが、このわしが、部下の不始末にのこのこ出向くわけにも行かぬわ」

「それでは季春様が……」

「そうじゃ。何とか助けるための方策がの。頭の痛いことよ」

「それなれば……、」

萩の前はそう言葉を切り、少し考えるふうを見せたあとで言った。

「この私めが出向きまする」

「――、何をたわけたことを。女御《おなご》のそなたが……」

「いえ、たわけたことではござりませぬ。御館は、季春殿の不始末はあくまでご存じなかったことになさりませ」

「それでどうなるのだ」

「国司様へ貢物を山と積み、女の私から、腰を低くしてお願い致しまする」

「そなたはまこと……、紛れもなき宗任様の娘よ」

「いいえ、かの国の女人なれば、夫を援けてこのようなことをするのは当たり前。いえいえ、この国とて、あんなにたおやかでお優しい北の方様でも、立派にそのお役目を果たして下さったではございませぬか」

「うむ……」

そんなやり取りがあった後で、側に仕える者たちともいろいろに思案を重ねた結果、妻である萩の前を基衡の正式な使者として、国府のもとにある、国司の館に送ることにしたのだった。

二

出立の朝、輿に乗りたまえ、と勧める従者たちの言葉に耳を貸さず、萩の前は、国府までの道のりを供の者たちと同じように馬で行くと言った。

自分のお役目は、輿に座って悠長に行くことではない、御館にとってこの上もなく大切な部下一人の命がかかっているのだ、と言うのだった。

西の果て、博多からこの北の果てまで旅をしたかつてを思えば、この行程など束の間のもの、という気持ちでもあった。

そんな決意で向かい、無事に到着した国府だったが、国司の居館を尋ねて再三面会の願いをしたにもかかわらず、国司は応じようとはしなかった。

話を聞いて貰うどころか、面会にさえ応じない頑なな態度に困り果て、思い余った基衡側は、仕方なく、まず国司の目代に面会することにした。

目代へ差し出した贈り物の甲斐あって、目代は国司への取り次ぎを承諾した。そこで、砂金は言うに及ばず、名馬や絹布、それに都びとが喉から手が出るほど欲しがる鷲の羽などを山と携えて、ようよう萩の前は、従者と共に、国司の居館を訪れることが出来ることになった。

妻萩の前を派遣するにあたっての、基衡の申し開きはこうだった。

「季春の不始末はこの基衡のあずかり知らぬ所で起きたこと、元より基衡には何の異心もなく、重々にお詫び申し上げる次第。信夫の庄の季春は今日まで、その地をつつがなく治め、都への徴税も怠りなくつとめて参りました。我が陸奥の国にとっても、また都方にとっても、余人をもって代えがたき人物なれば、参上致した我が嫡妻に免じて、どうか特段のお慈悲を頂き、その一命だけはお助け頂きたい」

萩の前に付き従った使者のこの口上に、しかし応対に出た目代は言った。

「国司殿の御腹立ち、ひとかたならず。季春の不届きな行為は断じて許されるものではない、あの男の行いは公家に背き、官吏を侮るもの。国司殿はそのように申されておる」

相変わらず居館の内へは一歩も入れては貰えなかった。

萩の前はじっと忍び、慎み深く目代の言葉を聞き、地に両膝をつき、深々と頭を下げて詫びを入れた。

だが、目代はその萩の前の頭上でさらに声を張り上げた。

「よりにもよって、お役目大事に果さんとする我が従者に矢を射かけるなど、あの男の罪はすでに謀反と言える。それなのに、さまざまな財物を積まれて許したとあっては、多くの人々の誹りを買うであろう。国司殿はさように申されておる」

「申し条はまことにごもっとも。なれど、これは平泉棟梁の、心よりお詫びし得る精一杯のお印。何卒その心中をお汲み取り頂きたく……」

「ふむ、いやしくもおなごを押し立てて、こんな手段で許してもらおうとしたなど、他言は無用にするが良い」

激しい気性の基衡がこの言葉を聞いたなら……、基衡が表だって動けば、決裂した時はただ事では済まぬのだ、そんな懼れのもとに代理として立った萩の前だが、都の権威を後ろ盾にした彼らに、そんな心のひだは通用しなかった。

萩の前は無念でならなかった。目代に差し出した何倍もの財物を、国司がその目で確かめて、基衡の精一杯の気持ちを汲もうとしたのではない。

目代は自分に差し出されたものは抜け目なく取り込んで取り次ぎをしながら、国司はこんなものには惑わされないと、ぬけぬけと門前払いを食わせたのだ。

それにだ、「いやしくもおなごを押し立てて……」などという言い草、自分が育った博多の地でも、また平泉の地でも、耳にした事などないものだった。

矢を射かけた季春も堪忍袋の緒を切らしたかもしれぬが、こんな鵺《ぬえ》のごとき分からず屋の都びとたち相手では、どうにも我慢がならなかった季春の行為だけを、短慮だ、行き過ぎだと誇るわけにもゆくまいと、萩の前はそう思った。

だが、これで諦めては季春の命はないのだ。萩の前は覚悟を新たにした。

そしていろいろ考えを巡らせた挙句、「女人には女人」とばかりに、もう目代などに渡りを付けることなしに、今度は国司の妻を直接訪ねるという行動に出た。

目代が取り次ぎを拒否した貢物の財物の山を、国司の妻へ渡すということに何とか成功して、萩の前は訴えた。
「あなた様もこの私めも、ともに人の子の親。季春親子を切る、との国司様のお達しでは
ございますが、どうぞ、その儀ばかりは、季春の妻や子に免じて、御方様からお許しを願っ
ていただきとう存じまする」
ここでも地面に両膝をつき、深く腰を折って訴える萩の前を、国司の妻はただ戸惑った
ような顔をして見やり、その言葉を黙って聞くだけだった。
そして最後に、ぽつりとひと言、こう呟いた。
「女御のわらわが何を申し述べようと、効などあろうものか」
萩の前にはもう、癒しようもない絶望感だけが残った。
夫たる国司に、果たしてその妻が取りなしてくれたか、くれなかったか。
いずれ妻のもとへ置いて来た財物の山は、今度は突き返されて来ることはなかった。が、
その代わり、というように、かろうじて、季春の息子の命までは不問、ということになった。
だが季春自身の首を刎ねるということは、遂に覆ることはなかった。
この問題で、季春の命の事なきを願って、ひたすら下手《したて》に出ていた基衡も、これにはすっ
かり立腹し、そして怒りを爆発させた。

その後基衡は、国司の公田の検注に、頑として立ち入り検査を拒否し通した。やれるものならやってみろ、そっちがその気ならこっちにも考えが——、そんな基衡の豪胆な姿勢に、あれ程頑固に季春の命にこだわった国司は、恐れを成したものか、別人のごとく態度を軟化させ、その後、この国司の赴任中は、陸奥の公田の検注は一切なされなかった。

基衡治世には、そんな強気が可能なほど基衡の基盤は盤石だった。

だが、国司とのこんないさかいを初めとして、そのほかにも、陸奥に荘園を持つ都の貴族たちとのいさかいは度々あり、隆盛の代償とでも言うように、御館基衡には、気の休まる暇はなかった。

都の方にいささか目配りを怠った、という反省しきりで、基衡は父清衡同様、後継者である長子秀衡には、やはり北の方として、都のしかるべき家柄の姫君を迎えねばなるまいかと苦悩した。

そんな夫の姿に、萩の前も心を痛めていたが……。

その機会は図らずも訪れた。

新しい御寺

一

基衡が思いあぐねている、その折も折だった。陸奥守、鎮守府将軍として、都から藤原基成なる公家が下向して来た。

この基成という人物、以前にも陸奥に赴任して来たことがある。

初任は康治二年（一一四三）四月、まだ二十代の半ばのころだった。

それからさらに、久安六年（一一五〇）に再び陸奥守に任じられたのである。

基成は、それまで都から赴任した多くの国司や陸奥守と違い、この陸奥の地に住み続け、そのまま生涯を終えても良い、という気持ちでいるらしい、と基衡は伝え聞いた。

それというのも、実はこの基成の兄、中納言信頼が源義朝とともに「平治の乱」を引き起こして敗れ、そのため血を分けた弟の基成も、それ以後は都に居づらくなった、という事も無関係ではなかろう、ということだった。

そんなことから、何かと世情騒がしい都の暮らしを避け、平穏な陸奥にゆっくり腰を落ち着けようとの考えだったのか。

国府に赴任した基成のために催した宴の席で、そんな基成の心中を知るや、基衡はすぐさま行動に出た。

「姫を、基成様の姫を、この基衡の嫡男の北の方にお迎え申し上げたい」

そんな率直過ぎるほどの申し出を、不愉快な顔も見せずに基成は承諾した。

基成の兄信頼は権中納言、そして姉は関白太政大臣藤原基実の妻、基実の子は関白内大臣基通という名門中の名門貴族の家柄である。基衡の考える「都とのつながり」のためには、この上もない、申し分のない家柄だった。

嫡子秀衡の義理の父になる基成のために、基衡は時をおかずに衣川の地に、広大な屋敷を普請して基成に献じた。

以後、「衣川の館」と言えば、この基成の屋敷を指すようになった。

基衡の嫡子秀衡は、幼い時から賢い童であった。

その秀衡には、都でも名だたる公家の姫を娶せた。親としてやれることはしてやったのだ。

この上はきっと、後継者として秀衡は、平泉をさらに繁栄に導いて行くだろう、そう信じつつ基衡が、阿弥陀のおわすあちらの世に旅立って行ったのは、保元二年（一一五七）、秋も深まってからだった。

その三十有余年にわたる治世は、初めこそ母違いの兄弟との間で弓矢を交えるという不幸なものだったが、父清衡の言を守り、平泉という仏都を、京の都にも優るほどの一大都市となし、そして繁栄に導いた。


「ずっと年上のわらわが残り、御館が先に逝ってしまわれた」

萩の前は今日もそれを想いつつ、小阿弥陀堂に籠って祈りを捧げる。

今はもう父君も母君も、そして姉君も御館も、みなあちら側へ逝ってしまわれた。こんなに老いたわらわだけが残った……。

しかも……、ほんとうはこのわらわが先に逝くはずであったと、萩の前は、そんな思いを噛みしめるのだった。

そう思うのにはわけがあった。

二年前に、萩の前は重い病に罹って長いこと臥せってしまったのだった。

さては自分の定命もここまで……、と思い定めていた日々、夫が見舞いに訪れたので、萩の前は心を込めて話し掛けた。

「御館とともに過ごさせて頂きましたこの月日は、ただ有難いばかり。今は何の思い残すこととてございませぬ」

床の中から基衡の顔を見上げ、万感の想いと感謝を込めて、弱々しい声ながらしっかりとそう伝えたのだ。

だがそれに対して、思いがけぬことに基衡は、満面に怒りを顕わにした。

そして驚くような大きな声で萩の前を責めたのだ。

「ええい、何を言うか。許さぬ、許さぬ、断じて許さぬ」

「…………？」

「わしを置いて逝くなど、断じて許さぬ。わしは御寺の僧に毎日加持祈祷をさせ、そなたの平癒を御仏に祈っておるのだ」

「でございますが、人には自ずと定命が……」

「言うな。これまでわしはそなたに、許さぬ、という一言を絶えて口にした事はない。そなたとてそれは知っているはず」

「まことに。御館は、私にはほんに過ぎた有難き御方でございました」

「何でもそなたの言うことは聞く。じゃが、わしより先に逝く、それだけは断じて許さぬ。必ず快癒せよ。これは命令じゃ」

言ったなり基衡は立ち上がって、足音荒く退出して行った。

その肩を怒らせた後姿に目を遣りながら、萩の前は、褥《しとね》の中で涙を拭いた。

夫の取り乱し方が尋常でない分、有難くてならなかった。

どんなところでも堂々と振る舞い、押しも押されもせぬ平泉の棟梁が、弱音を吐けるただ一つの所、かなり齢上の自分は、そういうところであったと、萩の前は改めて思ったのだった。

それからの萩の前は、夫に先立つことだけはどうぞお許し下されと、その願いを込めて、臥す床の中で日々阿弥陀仏を念じたのだった。

そして、奇跡のように萩の前は回復平癒した。

病の癒えた妻を、基衡は一日、毛越寺山内に伴った。

贅の限りを尽くした壮麗な円隆寺の東側には、父との約束を果たすために、自分が施主となって建立した観自在王院が変わらず美しい佇まいを見せていた。

そして、円隆寺のすぐ隣には、萩の前が初めて目にする普請中の御寺の姿があったではないか。

基衡はそれを示して言った。

「見よ。そなたのために建立する御寺じゃ」

「まあ、御館はさらに新しい御寺を……？」

「女人のそなたが御寺を建立したのに、わしは父君の御寺を再建したのみ。わしも御仏に、そなたを先に浄土にお連れせぬようにと……」、
その言葉を皆まで聞かぬに、長い闘病でやつれた萩の前の瞳からは、ほろほろと涙がこぼれた。

それを見て基衡は言った。

「これ、宗任様の娘御のそなたに、そんな泣き顔は似合わぬ」

父清衡公の棺が納められた皆金色の御堂の高壇、内陣の中央の清衡公のそれと並べて、左側（南壇）に夫基衡の棺が納められた今、萩の前は大きな安堵を覚えていた。

磊落にみえて、実はひどい寂しがり屋であった年下の夫だった。その夫は、妻より先に逝けて、心底ほっとしているのだろう、と思うのだった。

清衡公の遺骸も夫のそれも、朱詰めという特別な方法により、存命時の姿が永遠に保たれるのだと聞かされた。

そんな方法が、かの大陸の地の王者には昔からあると、いつか子どもの頃祖父から寝物語に聞かされたことはあったが、それが現実に、この奥州の王者たちの遺体に施されていると知って、萩の前は改めて、この地が稀に見る優れた地、との感を大きくした。

夫の葬儀を無事に終えてから、その生前にもまして萩の前は、この小阿弥陀堂に籠り、祈りと写経を専らにする日々を送るようになった。

折に触れて足を延ばし、夫の眠る金色堂にお参りもした。

金色堂では、この壇の下に、父君と並んで夫基衡が存命当時の姿のままで眠っていると思うと、心底安らかな気持ちで満たされた。

夫の手で普請が始まった御寺は、いまだ落成には至っていなかったが、御寺の名は「嘉祥寺」とするのだ、と生前夫は話していた。

その落成をいかにも楽しみにしているような穏やかな横顔が、萩の前には忘れられなかった。

二

ところで、その萩の前が、夫基衡の葬儀の際に取った奇異な行動には、周りの誰しもが目を剥いて驚いた。

白い麻布で急ごしらえの粗末な衣服を仕立てさせ、それを纏った腰を荒縄で縛り、頭に被った同じ麻布の三角の頭巾も、荒縄を輪にして押さえていた。

そんな姿で夫基衡の棺にひたと寄り添い、萩の前は、天地が割れんばかりの大きな声で哭き通したのだ。

その遺体が朱詰めにされ、いよいよその棺が金色堂の壇に納められるというその日も、人々の制止も聞かず棺に寄り添い、納められるその瞬間まで哭くことを止めなかった。

初めはこの哭き声を、夫を亡くした寡婦の余りの悲しみの大きさ、と驚いた人々も、だんだんにそれが、悲しみの発露というよりも、何か儀式めいたものとして受け止めるような雰囲気に変わって行った。

いずれにしても、これまで誰も見たこともないそんな葬送の仕方に、人々は肝を潰したのだった。

葬送の儀が済んで暫くの後、登季の前が出羽に戻るとて、暇乞いの挨拶に萩の前のもとを訪れた。

登季の前というのは、基衡の弟、正衡の妻である。

正衡は元服が済んで暫くしてから、父清衡の命で出羽に寄っていた。兄の基衡には良く仕えたので、基衡はこの弟とは生前から関係が良好だった。

しみじみとおんな同士であれこれ物語りしたその後で、登季の前は、恐る恐ると言う態で、萩の前に尋ねた。

「御方様、ところで、あの……、お聞かせ頂きたいことがございますが」

「おや、一体何でございましょうか」

「はあ、ですが、お聞き申し上げるのは、何やら失礼に当たるのでは、と恐れ多い気も致しましての……」

「何事とてそのように遠慮なさるのですか。お互い夫は兄弟同士、身内ではございませぬか」

「はあ、ではございますが……」

「ささ、何なりと申されませ」

「はい、出羽から参った者たちは皆、御方様が御館の葬送でお見せなさったあのお姿、あれが不思議でなりませなんだ」

「ああ、そのことでございますか」

「この平泉にはいつの頃よりあのような特別なしきたりが……、と」

その言葉に、萩の前は少し照れたように笑って言った。

「哭き女のことでございますね」

「哭き女?」

「はい、私の母の国では、葬送の際、亡くなった者に近い何人もの女が、あのように大声で哭き叫びながら死者を送るのです。この地に参る前に住んでおりました博多の唐人の街でも」

「まあ、何ゆえにまたそのように……?」

「あなたと別れるのがこんなにも哀しく辛い、と死者の魂に伝えるのです」

「では、あれはこの平泉のしきたりではなく、御方様だけの……?」

「さようでございますとも。この地では、女人は決して悲しみを表に出さず、じっと耐えるのが常のようですが」

「はい、女は皆、哀しみをじっと胸の奥深くにしまい込んで、人様の前では涙も見せませぬ……」

「でも、わらわは御館とのお別れがほんに辛く哀しゅうございました。先に逝くとばかり思っていた、年上のこのわらわが後に残ってしまったのですもの」

「ほんにお辛うございましたなあ。あんなに仲睦まじかった御二方様でございますもの」

「故に、前後の見境もなく、わらわ一人が哭き女になったのでございますよ」

それから萩の前は、登季の前に向かって笑いかけた。

「のう、登季殿。唐人の娘であるこのわらわ。あちらに旅立つ時も、頼みます故、わらわの流儀で送って下されや。今からお願いしておきまするぞ」

「そのような、今から滅相もない……、したが、御方様のそのお気持ちは、この登季がしかと承っておきまする」

言ってから登季の前は、慌てて付け加えた。

「でも生き死にの後先は誰にも分かりませぬ。わらわの方が先やもしれず」

「そなたはわらわよりずっと年若い。その気遣いなどはありませぬよ」

そんな親しい話をし合ってから、登季の前はめっきり寒くなった中を、一行と共に出羽へ向けて発って行った。

基衡の生前、萩の前と力を合わせてその招来に精魂を傾けた宋版一切経。

その全巻がすべて平泉に届いて調ったのは、基衡が亡くなってさらに数年を経てからだった。

萩の前は、自分の存命のうちに調ったその膨大な経巻を前に、感無量だった。夫と自分が、この一切経を招来するという壮大な計画を実行に移してから、一体何年の歳月が流れたことか。

夫は、御館は、そのすべてを目にすることなく逝ってしまったが、共に招来に力を尽くした日々は、萩の前にはどんな宝にも優る、と思われた。

調った一切経のために萩の前は、夫の忌日にあたる秋の一日、関山の僧を一堂にして、夫基衡への報告と供養を兼ねて、荘厳な祈りの式を行った。

その一大催しを成し遂げたあとは、めっきり老いが目に立つようになった萩の前は、以前にもまして小阿弥陀堂に籠ることが多くなった。

そしてひたすら写経と祈りに日を送るようになった。

その冬の寒さも無事に越して春を迎え、束稲山の山膚が満開の桜で覆われたある日のことだった。

その日も御堂に籠っての写経のさなか、ぽとりと筆を落として、萩の前はそのまま動かなくなった。

迎えに来た従者雪麻呂の、再三の呼び声にもまるで応答がなく、不審に思って扉を押し開いたその目に、阿弥陀仏の前に単座した主の後姿が映った。

が、その身体が雪麻呂の方を振り返ることも、いつものように「ご苦労であったの」というひと言が発せられることも、ついになかった。

その初めの頃から仕え続け、今はもう老いてしまった雪麻呂は、悲しくも、瞬時に事態を理解した。

それまで一度も足を踏み入れたことのなかった御堂に駆け入り、雪麻呂はその背に向かい、涙ながらに何度も何度も呼びかけた。

「御方さま、御方さま、御方さまーっ」

だがその声は、空しくお堂の中に響き渡るばかりだった。

「雪麻呂のお迎えが遅うござりました。御方様、どうかお目をお覚まし下さりませ。御方様、御方様……」

声を限りに呼び続け、雪麻呂はただ、子どものように泣きじゃくった。

陸奥の萩が咲き乱れる頃に生まれたという萩の前は、陸奥の山桜がいっせいに開いた春爛漫の頃に、静謐に、満ち足りたようにその数奇な生を終えた。

白秋の章　秀衡［阿緒衣］から国衡へ
［凜子姫］から泰衡へ

〔白秋の章〕

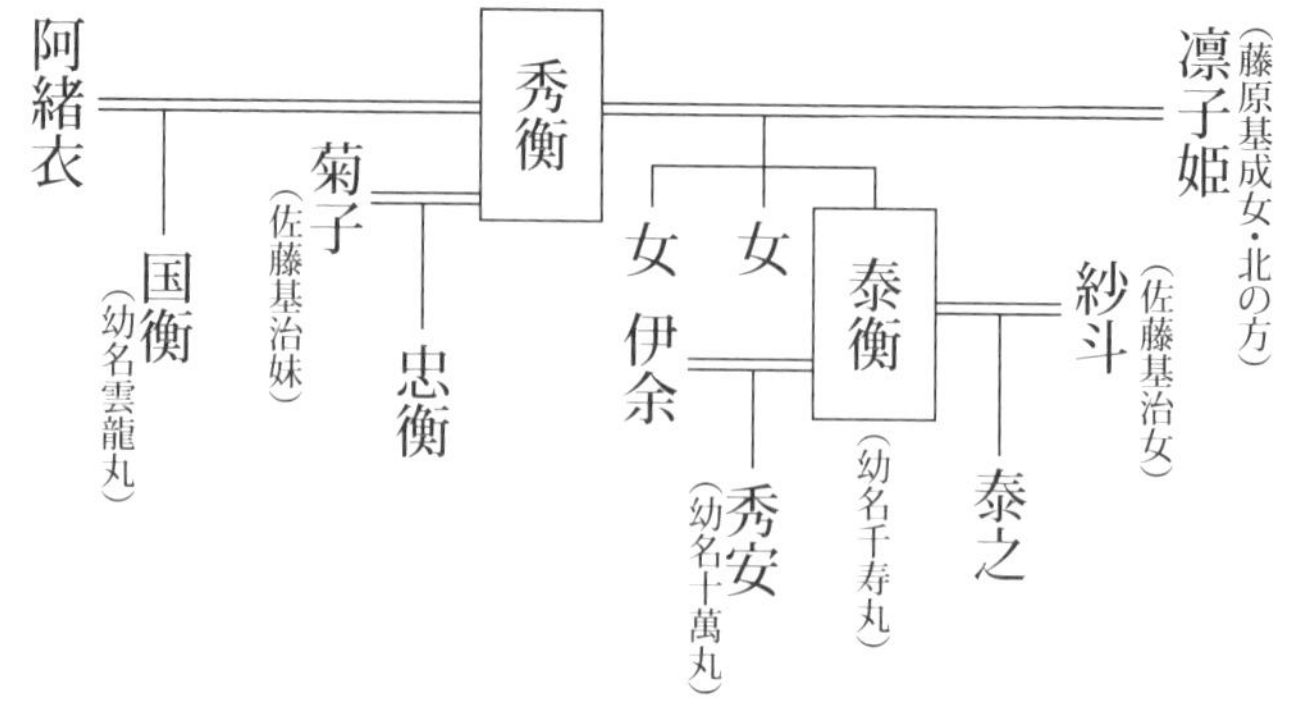
阿緒衣
秀衡
凜子姫（藤原基成女・北の方）
菊子（佐藤基治妹）
国衡（幼名雲龍丸）
忠衡
女
女
泰衡（幼名千寿丸）
伊余
紗斗（佐藤基治女）
秀安（幼名十萬丸）
泰之

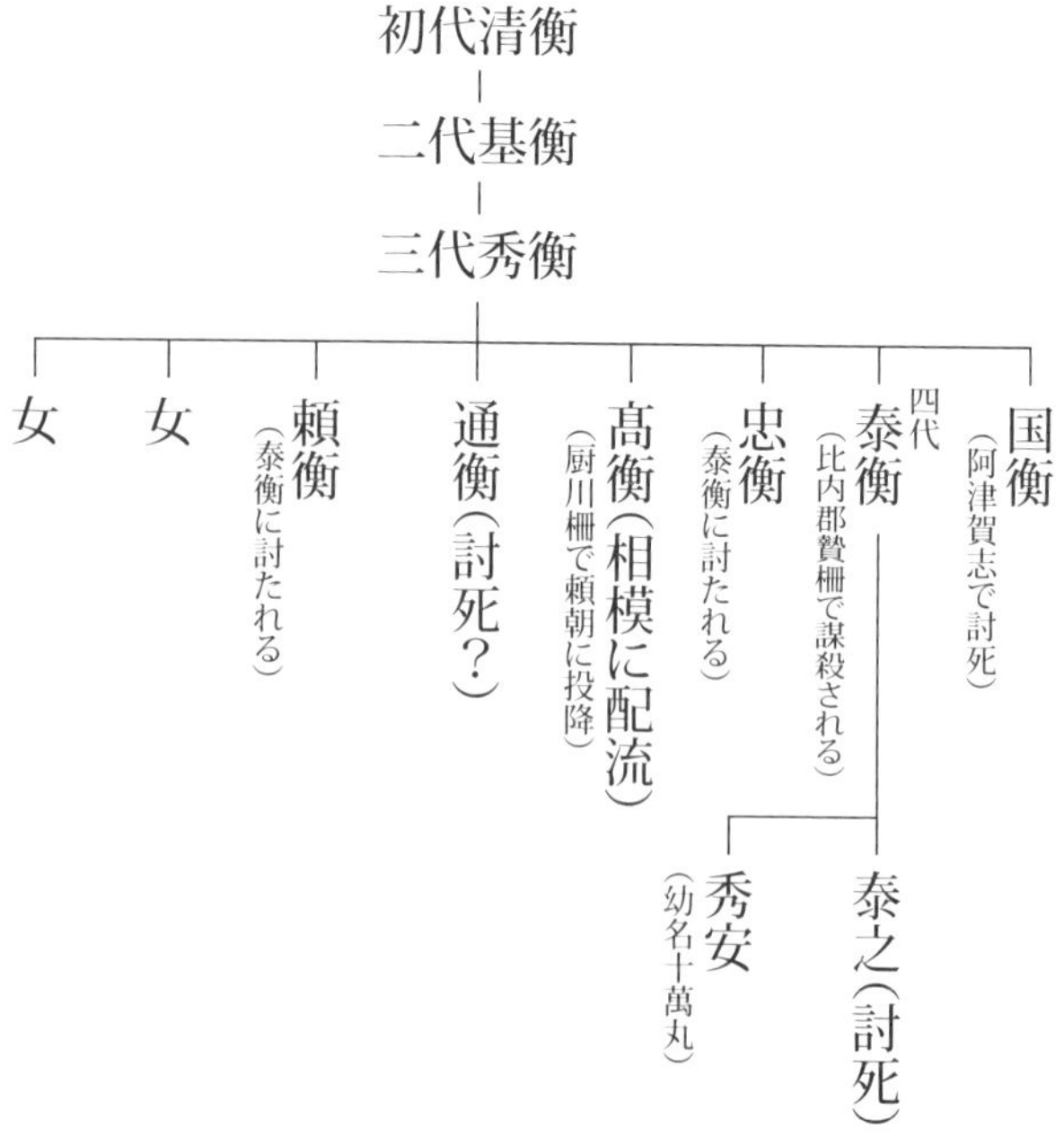
初代清衡
二代基衡
三代秀衡
女
女
頼衡（泰衡に討たれる）
通衡（討死？）
高衡（相模に配流）（厨川柵で頼朝に投降）
忠衡（泰衡に討たれる）
四代
泰衡（比内郡贄柵で謀殺される）
国衡（阿津賀志で討死）
秀安（幼名十萬丸）
泰之（討死）

一目ぼれ

一

基衡の嫡子秀衡に、北の方として藤原基成の娘凜子姫が迎えられたのは、仁平元年（一一五二）のことである。

その時、だが若い秀衡には、すでにほかに契った女人がいた。

がっしりした体格で強弓を使い、その上知略にも長けた秀衡は、幼い頃から弟の秀栄と競い合い、巧みに馬も乗りこなした。

すでに十歳を過ぎたころには、馬で森に分け入り、狩りをするのが何よりの楽しみ、というようになっていた。

まだ千寿丸から秀衡と名を改める元服前、彼はよく二、三の従者を従えただけで、縦横に森を駆け巡っては狩りに興じた。

そんなある日のこと。鹿を深追いして迂闊にも独りで森に分け入り過ぎ、道を見失ってしまった。

若御館の姿を見失った従者たちは色を失くした。

必死で方々を探し回り、やっとのことで若御館千寿丸を探し当てた従者たちは、安堵とともに主をそこに留め、あちこちと歩き回って道をさがし求めた。

するうちに、森の彼方にうっすらと煙が立ち昇るのが見えた。

やれ嬉しや、とばかりに、その煙の方に向かって一旦は進み始めたものの、折悪しく通り雨となった。

従者たちは、まずは若御館にこのことを告げようとて、急ぎ千寿丸のいる所に立ち戻り、共に煙の上がる方を目指して馬を進めた。

道ともいえぬけもの道、難儀しながら馬を御して分け入って行くうち、一行は彼方に人影を認め、ぎょっとした。

千寿丸の乗った馬を止め、それを囲むようにして馬上の従者たちが息を詰め、様子を窺っていると、やがて目の前に現れたのは、初老と見受けられる男と若い娘の二人連れ。どうやら二人は親子らしく思われた。

一行の前で立ち止まった父親らしい男は、千寿丸がこれまで聞いたこともないような訛りの強い言葉で言った。

「馬に乗っているとは、どこぞの尊い御方か。雨に降り込められて、さぞお困りじゃろう」

言うと、娘と二人で蓑を差し出した。

その蓑は、茅と思われるのに色糸を使って、細かく丁寧にあみ上げた、なかなかに手の込んだ美しい編み模様のものだった。

千寿丸も従者も、見たこともない手の込んだ作りに、目を丸くした。

「そなたは何者……?」

馬から降り、驚いて尋ねた従者に、男は言った。

「この奥の集落の、長《おさ》をしております者」

ははあ、道理でこの礼儀正しさ、この蓑の立派で見事なこと……、と言いつつ千寿丸の方を振り返れば、彼の目は一点に釘付けになったまま動かない。

ははーん、と従者は思い、娘の方に目をやってよくよく見れば、成程、実に美しい。透き通るような白い肌に、ぱっちりと見開かれた黒曜石のように真っ黒な瞳。後ろに一つに束ねただけの長い黒髪はつやつやと輝くようだ。長の娘だけあって、慎み深そうななかに、言い知れぬ気品もある。

両の掌を胸の前で上向け、つつましやかに僅かに腰を折ったその姿勢は、相手に対する敬慶の情を表すものか。

従者はその娘に目を向けたまま言った。

「狩りの途上、深追いして道を失った上、こうして雨に降り込められた。難儀しておったところへ、この心遣い、痛み入る。して、そちと娘御の名は？」

「恐れ多く、名乗る程の者では……」

「したが、後日この見事な蓑をお返しせねばならぬでの」

「ははっ、私はイリ、これなる娘はアオイと……」

「イリにアオイか。承知。では遠慮なく借り申す」

二つしかない蓑の一つを千寿丸が、もう一つをこの従者が借り受けて着て、あとの三人の従者は蓑もなく、イリというその男から聞いた道順を頼りに、無事に里に出て平泉の居館に帰り着いた。

後日、従者は千寿丸が用意させた過分な礼物と蓑を馬に積んでイリを訪ね、そして千寿丸の望み通り、その馬にアオイを乗せて戻って来た。

千寿丸によって、「阿緒衣」という字を当てられて暮らすうち、この娘が身ごもったのは、千寿丸が元服して秀衡となって、なお暫く経ってからである。

秀衡の身にそんなことがあった間に、一方、それまで陸奥守を務めていた藤原師綱が都に還され、代わって藤原基盛が赴任して来た。そしてさらに、久安六年（一一五〇）には基盛に代わって藤原基成が陸奥守として赴任して来た。

基成の陸奥守赴任は、この度が二度目であった。それより七年ほど前の康治二年（一一四三）から数年間、基成は初めて陸奥守として赴任していた。

穏やかな基成と、なかなかに気性が激しく豪胆な御館基衡は、どういうわけか馬が合ったらしく、基衡は基成の再任を心から悦んで歓迎した。

そして、自ら設けた歓迎の宴席で、単刀直入過ぎるほどに、嫡男秀衡の北の方として、姫を貰い受けたいと申し入れたのである。

結果、父親同志の間では異論なく話はまとまった。

こうして、都から伴われて来た、匂うばかりに美しい凜子姫は、まもなく秀衡の居所、人々が伽羅御所と呼び慣わすそこに住まう身となった。

二

秀衡との間に男子をもうけた阿緒衣は、秀衡が若くして得た最初の妻である。

秀衡は生まれた子に「雲龍丸」と名付けて可愛がった。狩りの途上で雨に降り込められ、そこで出会った阿緒衣が生んだ子。雲を呼び雨を呼ぶ龍、逞しく育てよ、の願いがこめられていた。

だが父の基衡は、阿緒衣の出自ゆえか、この初めての孫の誕生を、さして気にも留めていないようだった。

その一方で、母の萩の前は初孫の誕生を悦び、わざわざ阿緒衣のもとに足を運び、ねんごろに見舞った。

阿緒衣は萩の前の訪れに、ただ身を縮めて恐れ入るばかりだった。

「わたくしのような卑しい身に、若御館の御子が授かり、余りの恐れ多さに、身の置き所がありませぬ。御方様、どうぞお許しを」

「何を申されるか。この平泉の、次なる御館の御子をお産みなされしはそなたの手柄。丈夫なおのこは、皆この平泉藤原の宝」

「勿体ないお言葉。ですがあまりのことに、この身の置き所が……。どうぞ罪深いわたくしを、我が父母のもとにお返し下さりませ。父母のもとで静かにこの子を育てたく……」

「それはなりませぬぞ。せっかく授かった宝を手放す父親が、一体いずこにおりましょうや。秀衡はきっとそなたを守り、この子を立派に育てますゆえ、何も心配召さりますな」

「そのような、余りにも勿体ないお言葉……」

「それにの、卑しい身とそなたは申すが、そなたの父御は立派なこの陸奥の住人。集落では狩りの名人で人望もこの上なく厚いと聞く。衆人の長たるほどの男ではありませぬか」

「けれども父の出自は、まごう事なく蝦夷。それでは若御館もどんなに肩身が狭いことかと、それを思うとわたくしはこの後も……」

「この陸奥こそは蝦夷の多く住む国。わらわの父は滅ぼされた安倍一族じゃが、母は海の向こうに広がる他国の者。けれどもわらわは、それを一度として恥じたことはございませぬよ」

その言葉に、驚いたように阿緒衣は目を瞠った。

「海の向こうの、とおっしゃりましたか?」

「驚きましたか。そんなわらわを、先代御館清衡公もその御方様も、快く受け入れて下さり、そして基衡殿の妻に迎えて下されたのです。そうして秀衡は生まれました」

「まことに……?」

「阿緒衣殿、そなたの聡明さはその瞳にしかと表われておりまする。我が子秀衡は、親の口から言うのも何じゃが、やはり幼い頃より聡明な子でのう。その秀衡は、きっとそなたの瞳に魅入られたのでござりましょう。蝦夷だ、都びとだと、そんなことで人の器量は決まるものではありませぬ」

「何と心の広く大きな御方様。頂戴致しましたそのお言葉、この身は生涯忘れは致しませぬ」

「それにの、仮にもしこの後、秀衡がおのこに恵まれねば、この御子は秀衡の次の御館として立たねばならぬのですよ。そんな大切な御子なのです」

「そんな、思うだに恐ろしく……」

「ですからの、どうぞつまらぬことを思い煩うことなく、この平泉の地で大切に育ててくださりませ」

そして子をもうけたのを機に、秀衡は阿緒衣のために、衣川の近くに新しく館を設け、そこに住まわせた。

阿緒衣の懸念などどこ吹く風とばかりに、秀衡の阿緒衣への気持ちは変わらず、これを寵愛した。が、その一方で、秀衡は次々と妻を娶っていった。

基衡も母萩の前も、片方の指で数えられるほどしか妻を迎えなかった父基衡との違いに、苦笑のまなざしでそれを眺めた。

基衡はそんな秀衡を評して、こんなことを言った。

「子は父よりも祖父の質を受け継ぐと言うが、あの艶福家ぶりは確かにの……、わしよりも先代清衡公に近いものじゃ」

「先代御館の多くの妻が男子をあげ、それがもとで御館が若き日に苦しまれた、兄弟相争うという事態には、秀衡の子たちはならねば良いがと、それを願うばかりでござりまする」

「むむ、たしかにの。だがわしのその苦悩を間近に見ることもなかった秀衡に、そんなことを説いても、聞く耳などあるまいよ」

「まことに……」

北の方の父

一

北の方に迎えた凛子が男子をもうけたのは、秀衡三十三歳の秋だった。

それまでに凛子姫は二人の女子を出産していたが、男子では阿緒衣の生んだ雲龍丸に次ぐ二番目の子となった。

基衡は平泉四代目となる筈のこの孫に、自分も秀衡も父清衡がそう名づけたように、「千寿丸」と名付け、凛子姫の父基成とともに悦び祝った。

そしてその翌々年、年上の妻である萩の前に先立って永眠したのだった。

これにより、秀衡は三十五歳で父の後を継ぎ、平泉三代目の御館となった。

都でも名だたる一族の姫を北の方に迎えている秀衡の、御館としての滑り出しは、順風満帆であった。

父基衡や母萩の前から、折に触れて聞かされた都との軋轢は、父の代とは比べものにならぬ程少なくなっていた。

それは北の方凜子の父である基成の後ろ盾によるところも大きいのだと、秀衡もその点は認めていた。

そしてかなり年下の凜子姫との仲もそれなりに平穏で、子ももうけたものの、だがその一方で、何か心から満たされぬものが、いつも秀衡の胸の奥には居座っていた。

少しでも心動かされる女人がいれば、片端から妻に迎えるその性癖は、実はそんな心の渇きがなせる業かもしれなかった。

そんな秀衡が、だが一番心休まるのは、阿緒衣と共にいる時だった。

阿緒衣はその育った環境から、秀衡の好きな狩りにも、誘われれば喜んで同行した。秀衡から手ほどきを受けた乗馬の術を駆使して、馬を並べて一緒に森を駆け巡ることも度々なのだった。

そんな折には阿緒衣から、春は野に自生する山菜のことを、秋は森の恵みの茸や木の実のことなど秀衡はさまざま教えられ、子どものように興奮しながら時を忘れて摘み取ったりした。

実際、森で育った阿緒衣の、日々の暮らしに関わる知識は豊富だった。

阿緒衣が目を輝かせて語る、幼い頃森で過ごした家族との話、そんな折に父や母から聞かされたという昔話や、熊を神として敬い、あの世に送ってやる熊祭りの話、森の神々や火の神への感謝の捧げ方、そんな話の数々を、秀衡は好んで聞いた。

それらは、秀衡のまるで知らぬ世界の話ばかりだった。

しかし、どんなに阿緒衣と心が通い合おうと、阿緒衣の立場は、多くの妻の一人に過ぎないのだった。

一方、北の方である凜子姫は、秀衡からすれば、どこがどうと言うのではないが、言うに言われぬ物足りぬ姫君に思えた。

都の深窓で育った姫君は匂うように美しく、御所の中に飾り置くには実に恰好のそれではあった。が、そんな姫君の関心は、香を焚きしめた部屋の中で歌を詠むこと、それを美しい料紙に美しい字で書き散らすこと、箏《こと》を弾き、琵琶をかなで、という都の高貴な女人たちの生活、関心の域を出るものではなかった。

だが、幼い頃から父基衡と母萩の前の、夫婦の佇まいとしてのそれを見て育って来た秀衡には、夫婦は父と母のようにあってこそ、という思いがあった。

父基衡と母萩の前は、心からお互いを尊重し、何事も打ち明け合い、支え合って事に当たっていた。

息子の自分から見て、父には多くの欠点もあった。気が強く我慢が効かなくて、怒髪天を衝くような怒り方をすることも度々あったが、年上の母は、内心はどうか知らぬが、それを苦もないような態度で御していた。

母の援けは、父の欠点を補って余りあるものだったと思えた。

いま自分には多くの妻があるが……、と秀衡は考えるのだ。母のような存在にはいまだ恵まれていない、そんな虚しさがあった。

父のように、何の遠慮もなく本心のままに、我儘な心をさらけ出せる相手は、見渡して見てもいなかった。

阿緒衣はその存在になり得る女人、なのだが、その出自がそれを阻み、ひたすらに控えめに、と心がけてばかりいる有様。それにまた秀衡自身にも、阿緒衣や他の妻たちを寵愛することが度を過ぎれば、北の方凜子姫の一族との関係がぎくしゃくしていくだろうという懸念もあった。

阿緒衣は自分の立場をよく心得、それゆえ臆する気持ちも大きく、夫である秀衡にも、北の方である凜子姫にも、決して出過ぎた態度を取らなかった。その気遣いのさまは見ていても痛々しいほどで、いつも秀衡をもどかしい思いにさせた。

「申し分のない家柄の、深窓育ちの姫君、という北の方がいる限り、自分が母御前のような、あんな女人に恵まれることは、おそらくあるまい」

その思いが秀衡の心を渇かせるのだった。

秀衡の渇く心は、多くの女人を次々と娶り、そして子を産ませた。

中で秀衡が心を寄せたのは、信夫の佐藤庄司から娶った女人、父基衡の代に国司の検注騒動で命を失ったあの佐藤季春の一族の娘、菊子だった。

菊子が凜子姫の次にあげた男子を、秀衡は凜子姫が生んだ子同様に慈しんだ。

そのほかの妻たちも次々と男子をあげた。

気が付いてみれば、いつの間にか秀衡は、八人の子に恵まれていた。

二

伽羅御所、と呼ばれる御館秀衡の居館の一室。

つい先日まで馥郁とした香りを放っていた庭の白梅はすでに散り、小さな薄緑の葉がその後を彩っている。だが陽の射さぬ庇の陰の方にはまだ雪が消え残り、顔をのぞかせた黒々とした土と、まだらな模様を作っている。

開け放った縁からは、光を増した陽射しとは裏腹に、早春の、まだ身震いする程冷たい風が、時折吹き入って来る。

その庭を望む秀衡の厳しい顔は、しかし、風の冷たさがそうさせるような厳しさではなかった。

その日そこに向かい合っていたのは、北の方である凜子姫の父、陸奥守にして秀衡の義父、藤原基成である。

基成は以前鎮守府将軍に任ぜられていたが、四年前の嘉応二年（一一七〇）春、代わって秀衡が鎮守府将軍に任ぜられた。

都の貴族の間では、朝廷のこの人事に反発して、「北の夷《えびす》がこのような重職につくとは、世も末なり」と怒り嘆いている者も多いと聞く。

そんな奥州人に対する嫉妬や蔑視の目をよそに、奥州に覇を唱える秀衡の力は、今や押しも押されもせぬものになっている。

その秀衡を内々に訪ね来て、基成は重大な相談ごとを持ちかけていた。

「いかがかの、御館、このわしに遠慮は無用。本心からのお言葉を。応であろうと否であろうと、そなたとわしの間では……」

「無論、承知しておりまする。遠慮は致しませぬ。ただ……」

「ただ……?」

「突然のお申し出ゆえ、戸惑っており申すのは確か」

「うむ……。長成は我らの一族。その長成が、都ではもういずこにも置き所がないと手に余し、母御である常盤の嘆きを見かねてのことであろう」

「はあ……」

「長成は常盤を、ことのほか慈しんでおるようじゃでの」

「平氏清盛殿から見れば、確かにの、かつては命を助け、そばに置いて可愛がりさえした小わっぱが、こともあろうに、自分に刃向かうため武術に励んでいると聞きましてはの」

「全くよ、わしもな、思うのじゃ。おとなしく鞍馬の寺で経を読んでおれば良いものを、と。一体誰にそそのかされたのやら」

「いや……、誰にでもない、源氏の御子として生まれ落ちた、生まれながらの武人の血が騒いでいるのやも」

「うむ。頼義将軍、義家将軍と、そして父の義朝から受け継いだ、まさに武士《もののふ》の血ということなのかの」

基成が相談事、と言って前触れもなく密かに訪ねて来た話というのは、先年の平治の乱で敗れ、落ち延びる途上で味方の裏切りに遭って殺された源義朝の遺児のことだった。

絶世の美女として聞こえた義朝の妻常盤は、いまは基成の一族である藤原長成という男の妻になっている。

夫の義朝が殺されたあと、平氏の探索を逃れ、常盤は義朝の遺児である二人の幼子の手を引き、もう一人の赤子は懐にして雪の中を落ち延びたが、遂には捕えられ、子らとともに清盛の前に引き据えられた。

だがそのあまりの美しさに清盛は目を瞠り、これを自分の側に留め置き、いっとき寵愛したのだった。

その後、部下の長成に嫁がせたのだが、その際、遺児の助命を懇願する常盤の願いを退け難く、三人の遺児の命を助ける条件として、これを寺に入れて出家させよ、と厳命した。

遺児はそれぞれ別々の寺に預けられたのだが、一番年下の牛若丸という小童《こわっぱ》が、預けられた鞍馬寺で、仏道修行には身を入れず、鞍馬の森を夜な夜な駆け巡り、天狗相手に武術に身を入れているのだとか。

それが遂に清盛の耳にも達し、もう到底見過ごしては貰えぬという状況に、幼い時から格別利かん気の強かった牛若のこと、これでは命を絶たれるに違いないと、母の常盤は傷心の日々、ということだった。

常盤の夫長成からの懇願を断り難く、基成は、気の重いままに伽羅御所に秀衡を訪ねて来たのだ。

都からも源氏からも平氏からも、侵さず侵されず、を固く守っている現在のこの陸奥に、源氏の遺児を引き取るということは……。

このところ、平泉は平氏とは良い関係を保っている。そんな平泉の秀衡を、鎮守府将軍に推挙したのも清盛だと聞いている。

秀衡にとって、そんな中で、それは降って湧いたような難題だった。

しかし、かと言って、ならば北の方の父である基成の願いをむげに断れるのかと言えば、それも難しいことだった。

おのれの苦い経験の数々から、都との軋轢を極力避けるために、と考えた父基衡が決めた秀衡の婚姻だったのだが、それがこの度は、このような形の難問となってしまったのだ。

だが……、結局秀衡は腹を固めた。

義理の息子にあたる自分に、常々は尊大でさえある義父基成が、珍しく、卑屈な程腰を低くして遠慮がちに頼み、断っても良いとまで言っているのだ。

それほど困惑し切っている義父を、この奥州の領袖たる自分が、どうして突き放すことが出来ようか。

都の者ならいざしらず、豪を持って聞こえる奥州人として、その棟梁として、いや、何よりも一個の男として、秀衡には断れぬ。

暫しの黙考を経て、秀衡は言った。

「よろしい。その牛若とかいう御曹司、この陸奥にお迎え致しましょう」

その一言に基成は大きく息を吐き、深々と頭を下げて両手をついた。

「かたじけぬ。長成も常盤も、どんなに安堵することか」

「息子の私に、そのように頭をお下げ召しますな。どうぞ、そのお手を……」

「いいや、この頼みがどれ程の無理難題かは、このわしにも分かっておる。どれほど礼を述べても、言葉では尽くせぬもの。」

「いや、よろしゅうございます。お手をお上げくだされませ」

やっと頭を上げた基成に、秀衡はさらに黙考、そのあとで、言葉を継いだ。

「そこで……、条件が一つ」

その秀衡の言葉に、はっ、としたように基成は顔を上げた。

「うむ、それは……?」

「この平泉にご滞在頂けば、いずれ平氏の目から逃れられぬは必定」

「さもあろうよ、のう」

「そこで、陸奥の地の内のいずこか、この平泉以外のしかるべき地でお過ごし頂くということなら」

「おお、結構じゃ、それは御館の意のままに」

そう話はまとまって、基成は再び、ほうっと大きく息を洩らした。


鞍馬の寺で遮那王と呼ばれていた源義朝の遺児は、奥州へ下る旅の途上、兄頼朝の母の出であるという熱田神宮に立ち寄った。そしてそこで、烏帽子親もなく一人で元服、名を源九郎義経と改めて平泉の地に現れた。

供をして来たのは、京の三条信高という男。あくまで目に立たぬように、ほかに従者はほんの数人、両手の指にも足りぬ人数の一行だった。

三条信高という男には秀衡も面識があった。京の外れに立派な邸宅を持つという、都でもしかるべき人物と思われるのだが、「橘次」という商人名を使い、奥州と都を往き来して、奥州の産品や砂金などの商いもして富を蓄えているという、不思議な男だった。

この橘次が商いのために平泉に滞在している間は、秀衡は橘次とともに義経の平泉逗留を許した。

その間に、秀衡はこの「御曹司」を自ら関山中尊寺に伴い、金色の御堂を建立した自分の祖父清衡の「想い」を諄々と話して聞かせたりした。

そんなふうにして、この若き御曹司の反応を伺って見たりしたが、その結果、仏道修行に少しも関心を持とうとしなかったという、その性格を秀衡は身を持って感じた。そして思わざるを得なかった。

「この御曹司、いまは行動も言動も余りに粗野、無防備。元服したとはいえ、まだまだ幼くて、周りに頓着することもない。これではやはり、平泉に御滞在頂くのは到底……」

だが一方、鞍馬の森で天狗を相手に武術に励んだという噂だけあって、ちょっとした日常的な動作にも、その俊敏な身のこなしには舌を巻くものがあった。

一日、秀衡は思い立って、長子国衡や嫡子泰衡、その下の忠衡、頼衡などを呼び集めて、義経を相手に武術の手合わせをさせてみた。

が、秀衡の息子たちの誰一人、義経の相手になれる者はいなかった
特に都の貴族である祖父の基成や、都風の母姫の影響下で育てられて来た泰衡など、刀を振り回すのも渋々、という態度がありありだった。

この有様に、秀衡は改めて「目から鱗」の思いに駆られ、焦りを感じた。

陸奥の平和に慣れ切って、次の奥州武士の棟梁になるべき泰衡に、武術万般を厳しく仕込むことを怠って来た、おのれの怠慢を顧みざるを得なかった。

自分は、と秀衡は思った。誰にどう言われた覚えもないが、幼い頃から弟秀栄や従者たちと共に馬を乗りまわし、弓矢をつがえて狩りをした、それがおのずから武術の鍛錬になっていた、男は皆そういうものだと思っていた。

しかるに……。

そして、義経の果敢さに改めて思った。

「成程、これこそが源氏の血を引く、生まれながらの武士《もののふ》よ。いつの日か敵に廻したら、平氏といえども油断は出来まい」

若いながらこれ程の腕を持った義経だ、この後はやはり、おおっぴらに平泉には置けぬ、というのが御館秀衡の考えだった。

そしてさらに、一方では考えたのだった。これだけの利かん気をもった若者に、真実良き師を与えて磨いたら、それはそれで楽しみでもあろう、と。

泰衡と義経

一

嫡子泰衡の武術嫌いは、その後も秀衡をもどかしがらせた。

この平泉が、今は平和を保っているからと言って、油断は出来ない。

現に、この世を謳歌する余り、その傲慢さが世の反感を買いつつある平氏に対して、いつ源氏が立つかと、このごろは様々な噂が都から流れてくるようになっていた。

かつて清盛が、義母である池禅尼の嘆願で命を助け、伊豆の地に流した源氏の御曹司頼朝が、近く反平氏の兵を挙げるらしいと、もっぱらの噂だった。

頼朝は義経の母違いの兄にあたる。

平氏の棟梁清盛は、自ら滅ぼした源氏の棟梁義朝の子である頼朝を、自分の義母の懇願で命を助け、さらにその下の三人の幼子を、幼子たちの母常盤の懇願で命を助けた。

その結果、長じた頼朝は反平氏の兵を挙げるというのだった。

やがて頼朝は、噂通り本当に挙兵した。が、それは無残な失敗に終わり、石橋山で敗走したと伝わった。

その情報に驚きを隠せないでいるところへ、秀衡はもっと大きな驚きに襲われた。

父基衡が養子にやった俊衡が統べる樋爪の地、赤沢の蓮華寺に、隠し住まわせるように託してあった義経が、ある日突然やって来て、御館である自分に対して、決別を告げたのである。

この平泉に迎え入れてから六年の歳月が過ぎていた。

義経は、平氏追討の兵を挙げる兄と力を合わせて、どんなことをしても平氏を討つ覚悟だと言った。

驚いて秀衡は言った。

「待たれよ、御曹司。今はまだその時期《とき》にはあらず」

前触れもなく突然平泉に現われた義経に、秀衡は怒りを隠し、事を分けて情勢を説明した。そしてひたすら引き止めた。

が、若い義経に聞く耳はなかった。

「血を分けた兄者が、石橋山で無残にも敗れたという。それを知りつつ、ここにいる弟がいかで助力せぬということがあろう」

父の仇、平氏を討ちたい一心と、血を分けた兄への過大なまでの期待。それ以外にこの義経の言動から感じられるものは何もなかった。

時節を見るに疎い、こんな心のままでこの陸奥を離れ、この御方は一体どうやってこの後を生き抜いて行かれるというのか、その心もとなさ、危なっかしさが、秀衡には良く見えていた。

「もう少し、もう少しの間辛抱し、この陸奥に雌伏して、しかと情勢を見極められよ。それから動いても決して遅うはござらぬ」

こんこんと説くそんな秀衡の言葉も、若い義経の耳には、どうしても届かない。秀衡は暗澹とするばかりだった。

もし自分がこの御方の父親であれば、と秀衡は思った。今は体を張ってでも行くのを止めさせる。行ってはならぬと厳命する。

だが悲しい事に、秀衡の立場では諫めようにも限度があった。

この御曹司の命を繋ぐためにこそ、義父基成の願いを受けて、危ない橋も渡って抱き取ったつもりだった。

が、樋爪赤沢の地で暮らした六年の間、この御曹司の思慮はいっこうに深まらなかったということなのか。

樋爪の御館からは、義経が赤沢の険しい山々を馬で駆け回り、また弓を射たり刀を振り回したりしている、というのは折々に耳に入れられてはいたが、山家《やまが》の暮らしの徒然のこと、と聞き流していた。

託した蓮華寺にも、音高山頂の白山社にも、御曹司には良き思索の師となるに違いない立派な住持も、そして宮司もいるのだ、だんだんにその薫陶を受けていくに違いない、と秀衡はゆったりと考えていた。

そこに託した秀衡には、そのように、密かに期待するところがあったのだ。

だが当人は、平氏憎しという単純な気持ちから一歩も抜けてはいなかった。

それればかりか、さしたる理由もなく、ただ父親が同じ兄、というそれだけで、会ったこともない兄が自分を歓迎すると信じて疑っていないのだった。

古来より、兄弟といえども血で血を洗う戦いを繰り広げる確執、というものに、この御方はまるで思い至ってはいない……。

この平泉を開いた祖父、清衡公の嘗めた辛酸、そして父基衡公が兄を討ち果たした不幸、それらを折に触れて聞かされて育って来た秀衡には、義経のような兄弟への過重な期待、というのは持ち得ない。

だが、乳呑児の時に父を失い、幼くして母とも別れねばならなかった義経は、それ故に、渇くほどに肉親を追い求めるばかりなのか。

その一念の前に、もう秀衡が言うべき言葉は何も見つからなかった。

こうして義経は、秀衡の心からの言葉を振り切り、この地に来た時伴っていた、僅かの従者を連れただけで平泉を後にして行った。

余りの幼さへの憐憫の情に負け、秀衡は股肱の若い家臣、佐藤継信、忠信の兄弟を直ちに呼び寄せ、「向後、御曹司の力になって差し上げよ」とて、二十騎の供をつけて餞とし、後を追わせた。

二

一方で、嫡子泰衡の武術嫌いは相変わらずだった。

困ったものよ、この陸奥の、十万武士団の統率者があれでは……、と嘆きをつい口にすると、母御前の凜子は、にっこりと笑って言うのだった。

「あの子はきっと、生まれながらの御公家なのでございましょう。弓矢や刀を持って戦うなど、どうにも出来ぬ優しい性格なのでございます」

「じゃが、それではこの陸奥の武士団の棟梁はつとまらぬ」

「よろしいではございませぬか。泰衡には、国衡殿という勇ましい兄者もおいでなのですもの」

確かに阿緒衣の産んだ国衡は、泰衡よりははるかに逞しく勇ましい。だが、それでは良くはないのだと、つい口を荒げそうになる。

それを喉元に押し殺して、秀衡は深いため息をつく。

伽羅の御所と呼ばれるその壮麗な館の、飾り立てた美しい部屋をさらに美しく整え、侍女たちに囲まれて暮らす凛子姫。

季節ごとの行事を何よりも重んじ、穏やかに歌を詠むことを無上とする姫の薫陶を受けた泰衡である。

凛子姫が自ら言うように、いっそ阿緒衣の産んだ国衡か、もしくは菊子の生んだ忠衡を棟梁に出来たなら、と考える秀衡だった。

だが、凛子姫は北の方、その父基成の手前もある。そのように事は行くはずもなかった。

義経の短慮にこそ吐息した秀衡だが、せめて泰衡に、その義経の持つ、利かん気や果敢さの半分でもあったなら、と考える日々だった。

「若い者たちは、右を見ても左を見ても、全くもって……」

心の内にそんな嘆きを抱える秀衡だった。

その夫の心を知ってか知らずか、北の方凛子姫はいつもおっとりと、機嫌よく日を送っていた。そんな凛子には凛子の好ましさがある。さっきの言葉のように、ほかの妻たちの子に対して嫉妬するということもない。底意地の悪い仕打ちをするでもない。それは女人としてはまことに美徳、とは秀衡も認めるのだが。

だが……、都の深窓の女人はいざ知らず、美しく気高く優しいだけでは、到底この平泉の棟梁の妻は務まらぬ、と秀衡は思うのだった。

すると、そんな時決まって頭に浮かぶのは、父の傍らにあって、表には出さぬながら実に逞しい考え方をして、年下の父をおおらかに、しかもしっかりと支えていた母、萩の前の姿だった。

父君と母君は、心から信頼し合っている、真実の夫婦であった……。

苦い想いを噛みしめながら、ふいと御所を出て秀衡が、そんな時決まって向かうのは阿緒衣の邸だった。

「のう阿緒衣、どうじゃ、明日あたりは、久し振りに狩りにでも行かぬか」

すると、打てば響くように、阿緒衣からは嬉しそうな言葉が返ってくる。

「それはよろしゅうござります。楽しみでござります」

それでやっと、秀衡の心は少し晴れる。

実際、僅かの供を連れて阿緒衣と山野を駆け巡り、狩りをするのは心が晴れることだった。森で生まれ育った阿緒衣が馬を御しているのを見ると、陸奥で生まれ育った安倍一族の娘の倭加媛、あの清衡公の妻であった祖母も、こうして祖父清衡公と並んで馬を駆ったこともあっただろうか、などと思われてくるのだった。

だが、さんざん無惨な人間同士の殺し合いを経験してしまった清衡公は、馬を駆っても、鳥獣を狩るという殺生などは、しようとは思わなかったのかもしれない、とも思えた。

仏道に帰依して入道となり、僧体となっている秀衡も、このごろはもう、鳥獣を狩ることは止めにするか……、と考えたりもする。だが、熊や鳥獣の魂を神の元に送り、祭りをしてやるのも、人間の大切な務め、と信じる阿緒衣の父親たちの世界も、敬虔な気持ちで受け止めているのだ。

阿緒衣の邸に戻り、その日たった一羽収穫した雉を、阿緒衣が下働きの女と一緒になって自らさばき、自分のために調えた膳に秀衡の心は癒され、口も自然に滑らかになった。

「のう、阿緒衣、わしがこの度建立し奉ったかの美しい無量光院、あの阿弥陀堂の壁にはそなたの父御たちの仏の世界を描かせようかと考えておる」

「父の、仏の世界……とは？」

「いつかそなたはこのわしに聞かせてくれた。熊を狩り、鹿を狩るのも、その命を祀り寿いで、神仏の世界に送ってやるためだと」

「ああ、そのお話でござりますか。でも……」

「でも、何じゃ」

「蝦夷のそんな考え方を、果たしてこの平泉の御方々や、まして都の御方々は、果たしてどのようにお考えなされるか……」

「人はどうあれ、わしはそなたとその一族の者たちのために……、その一幅を描かせたいのだ」

「まあ……、」

絶句して阿緒衣は、ほろほろと涙をこぼした。

無量光院、というのは、都の関白藤原頼通公が、父君道長公の宇治の別荘を寺院に改めて建立した平等院鳳凰堂、それを模して秀衡がこの平泉の伽羅御所のほど近くに建立したものである。

それは、宇治の平等院を凌ぐ大きな規模の、鳳凰が翼を広げたような優美な姿の寺院だった。鳳凰の両翼の中心にあたる阿弥陀堂には、都の高名な仏師の手になる、金色に輝く丈六の阿弥陀像が鎮座、そしてその寺院は真後ろに金鶏山を望み、その山頂に輝く夕日が、寺院の前に広がる広大な池に映り、その様はまさしく、この世に極楽を現出させたような荘厳さだった。

そんな日々の中、石橋山の敗戦から立ち直った源頼朝が、富士川の合戦で平氏の軍を破ったと言う情報がもたらされた。

御曹司は……、無事に兄君と対面をされたのだろうか、と秀衡は思った。もし対面が叶ったならば、御曹司のためには悦んでやるべきであろう。

だがそう思う一方で、もし頼朝がこの勢いに乗って平氏を倒し、近い将来この平泉に攻めて来ることがあれば、その時、御曹司はどうするのか……、兄頼朝と共に自分に刃《やいば》を向けて来るのか……。

そんなことも、だんだんに寝物語とは言えなくなる、と秀衡は危惧する。

まだ目には見えぬものが、少しずつその大きさを増して迫ってくる、そんな思いが秀衡の胸をよぎるのだった。

幸い頼朝は、勝ちに乗じて都まで上って平氏を攻撃する、ということはなかった。平氏と良い関係を保っている平泉秀衡が背後にある、それがその抑止力になっていることは、誰の目にも明らかだった。

その合戦の翌年、養和元年（一一八一）のことである。

二月、平氏の棟梁として力を振るっていた清盛が突然亡くなった。

原因不明の熱病に襲われての、誰もが呆気にとられるほど突然の、思いがけない死だったという。

前年の敗戦に続き、何の心準備もないまま大棟梁を失うという、平氏にとっては余りに大きな痛手だった。

源氏の兄弟

一

清盛が亡くなった同じ年の八月、秀衡は陸奥守に任ぜられた。

痛手を負った平氏の一方で、平泉藤原氏は、表面上は変わらず隆盛を見せているようであったが……。

だが、ここに思わぬ陥穽《かんせい》が待ち受けていた。

平泉の秀衡が、中立を破って頼朝を攻撃する、という噂が盛んに流れるようになったのだ。

しかし、噂の出所はまるで分からず、対策の施しようもなかった。

続いて、頼朝はこの噂にひどく神経をとがらせ、真偽のほどをしきりに詮索している、という情報も流れて来た。

そしてついに、翌寿永元年（一一八二）の春、頼朝が鎌倉の近く、江の島において、秀衡調伏（呪い殺す呪詛）の密議をしたというのだ。

この報を密かに受けて、秀衡は暗澹とした。なりふり構わずそのようなことをする頼朝である、自分の持つ危機感はやはり故のないことではない、今後この平泉も、決して安閑としてはいられぬということなのだ、と。

だが表向きは相変わらず、奥州平泉は黄金期ともいうべき様相であった。棟梁の秀衡のほかに、誰がこの時期の平泉に危機感を抱いたであろうか。

この年でもう六年になる、亡父基衡のための写経を昨日も今日もと続けながら、しかし秀衡の胸には、平泉の行く末に対する漠たる不安が尽きなかった。

祖父と父が命をかけて築き守って来た、この浄土平泉の行く末は……。

その後、平氏の衰退は目を覆うばかりになった。

すでに朝廷は手のひらを返したように、平氏から源氏に鞍替えし、頼朝に平家追討の命まで下したというのだ。

興亡を決する源平の合戦の火ぶたはこうして切られ、元暦元年（一一八四）二月、一の谷の合戦で義経の勇猛と知略によって平氏は敗退した。

さらに翌文治元年（一一八五）二月、屋島の合戦でも義経の働きは群を抜いた。

そして三月、ついに壇ノ浦の合戦で平氏は滅亡した。

だがこれほど勇猛に働き、源氏を勝利に導いた義経は、この頃すでに、棟梁である兄頼朝に疎まれ出していた。

というのも、あれよあれよという間の源氏の力の台頭を恐れた朝廷が、この天才的政治感覚を持つ兄と、そして天才的軍師感覚を持つ弟の間を分断しようと、画策し始めたからだった。

朝廷は平氏から源氏へ平然と鞍替えしたように、今度は源氏の棟梁頼朝を遠ざけて、にわかに弟義経の方を重用し出した。

政治感覚に長じた頼朝が力を持つことは、朝廷にとっては少なからぬ脅威、掌の上で動く御し易い義経の方が扱い易い、ということに違いなかった。

ところが、政治的感覚に滅法疎い義経は、当然のことに、朝廷の意図するところに理解は至らなかった。

理解のないままに、得意の絶頂で易々とそれに乗り、兄頼朝にも無断で朝廷からの位階を受け、昇殿を許されたりした。

朝廷の意図をもろに感じる頼朝は、それを知って弟の無知に呆れ、激怒した。

平泉の御館秀衡が、かつて諄々と義経に説いて聞かせた、「血を分けた兄弟の間と言えど、一歩間違えば弓矢を交えることになる」という、まさにその事態になってしまったのである。

そうなって見れば、鎌倉、伊豆という地盤と、そこに長い間隠忍自重して雌伏、自ずと人脈も築かれた兄頼朝と違って、弟義経にはそういうものは皆無に等しかった。頼朝の後《うしろ》には、妻政子の出た北条氏という勢力も控えていた。

平氏との戦いで義経が指揮した兵団も、もともとは皆兄頼朝の下に結束した関東武士団で、自前の兵団などは無いに等しい、という状況なのだ。

兄に憎まれてからの義経は、遠く九州を目指し、そこで雌伏しようとて船出をしたのだが、風雨に阻まれて船は遭難してしまった。それからは天運にも見放されたように、何事も順調に行かなくなってしまった。

そして遂には兄の目を逃れて、逃避行を続ける羽目になったのだ。

比叡山へ、和泉の国へ、いや、伊勢から吉野へ、と様々な憶測と噂に包まれながらの逃避行の果てに、義経が最後に頼って来たのは、かつて兄の元へ馳せ参じるとて決別した、その秀衡の懐だった。

秀衡の説得を振り切って昂然と駆け去った際に、秀衡がつけてやった股肱《ここう》の部下、佐藤継信、忠信という武勇の兄弟（彼等は樋爪の俊衡や季衡の妹である乙羽が、信夫の庄司に嫁いでもうけた、秀衡にとってはこの上もなく信頼のおける部下であったのだが）も、平家との戦いの中で、あるいは兄の目を逃れての逃避行の中で、主君義経を守り抜いて、すでに命を落としていた。

二

文治三年（一一八七）二月の雪深い朝、僅か数人の従者とともに、平泉に辿り着いた義経の風体たるや、見るも無残なものだった。よれよれの破れ衣に乗る馬もなく、頭には烏帽子さえなく、これがあの、昂然と決別を告げて意気盛んに土を蹴って駆け去った、そして屋島や壇ノ浦で平氏を撃破した勇猛果敢な、その同じ人間なのかと、秀衡は言葉を失った。

秀衡はこの義経を、再び懐に受け入れた。

窮鳥となって懐に飛び込んで来たのだ。受け入れずにおられようか、という気持ちの一方、無論、単純な同情心ばかりではない。

虎視眈々とした頼朝の目が、平氏打倒のあと、この平泉をにらんでいるのがはっきりしている今、頼りない嫡子泰衡を補佐してくれる人物が必要だった。そういう人間が、喉から手が出るほど欲しかった。

その役目を義経に担ってもらう。情勢を見るに疎い義経の弱点はこの自分が受け持ち、天才的とも言える戦略と攻撃を義経に託したなら、頼朝といえどもそう簡単にはこの平泉を蹂躙は出来まい、と考えたのだった。

秀衡が衣川に用意した邸に従者たちと落ち着き、義経は感涙にむせんだ。

思えば十余年前、この地に引き受けてくれた大恩ある御館の元を、七年前にその制止も聞かずに出奔し、兄頼朝と対面を果たしたのだった。

だがそれから今日までの、余りの起伏の大きさ。平氏を破って京の都に凱旋した得意の絶頂、から、何処を隠れ歩こうと兄の差し向ける追っ手の目に怯え、寝食も満足には出来なかった日々……。

その上に、出奔に際して、その身を心配して御館秀衡がつけてくれた股肱の部下、継信、忠信の兄弟の生命も落とさせてしまったのだ。

それをこの平泉の御館は、再び抱き取るように受け入れてくれた。

かつての恩知らずなおのれを恥じ、この後は御館のために、この平泉のためにこそ、自分は命がけで働かねばならぬ、そう義経は心に決めた。

「血を分けた兄弟と言えども、弓矢を交えて戦う羽目になることも……」

そう諭してくれた御館の言葉を、義経は今こそ心から重く受け止めていた。

そんな義経の心情は、秀衡にも手に取るように分かった。

御曹司も苦労なされたということ……、だが肝心の泰衡にはその苦労が足りない、というより、まるで無いままなのが、秀衡の悩みの種だった。

そんな中、頼朝は確実に触手をのばして来た。

秀衡に対して、東大寺の再建のためと称して、金三万両を納めるよう要請して来たのだ。

すでに三年前、頼朝が納めた数倍にもなる五千両を納めてある、その上のこの要請だった。先代の頃と違って、奥州の産金にも自ずと翳《かげ》りが見えている中、これは余りにも無体な要請だった。こうして奥州の懐具合を探ろうとする頼朝のやり口に憤りを覚えながらも、秀衡は素知らぬふりでこの要請を断った。

そしてそれらとは全く別に、もう一つの心配事が、このところ秀衡の心を重くしていた。それは、十代のあの若い日に見染めて以来、今日まで変わらず慈しんで来た阿緒衣のことだった。

阿緒衣の死

一

「阿緒衣、早う快癒せよ。そなたが一緒でなければ、狩りも蕨取りも茸採りも面白うない。いいや、わしはもう狩りに出る気にはならぬ。二人の摘み取った収穫で、そなたが調えてくれる膳が、わしには何よりの馳走じゃで」

侍女の止めるのも聞かずに、臥せっている阿緒衣の寝所までづかづかと入り、枕元に座して秀衡はそう訴える。

阿緒衣は慌てて床の上に身を起こそうとするが、その力がないと見え、僅かに頭だけもたげ、潤んだ目で秀衡を見上げる。

「こんな姿をお見せするとは、まことに不調法……」

「よいよい、気にするでない。静かに臥せってしっかり養生せよ」

「有難きお言葉なれど、何か、すぐそこに、御仏がお迎えにおわしておられるような……、そんな気が……」

「戯れ言を申すな。そんな気弱なことでどうする。わし一人を残そうなど、それは決して許さぬぞ」

「ほんにこの阿緒衣、御館には、いつもいつも大切にして頂きました。勿体ないという言葉のみにて……」

「本当にそう思うなら、一刻も早う快癒いたせ」

病床に従う侍女にそれとなく促されて、長居しては気も休まらぬであろうの、と呟きつつ、渋々秀衡は阿緒衣の側を離れる。

阿緒衣が床に臥せってから、かれこれふた月。

恐れ入ります、少しばかり疲れが出たようでござりまして……、と珍しく秀衡との里山への逍遥を断ってから日をおかず、阿緒衣は床に臥せったままになってしまった。

薬師《くすし》が煎じた様々な薬湯も飲ませ、寺の僧たちに加持祈祷も続けさせているのだが、病状は一向に好転せず、秀衡の心は晴れなかった。

阿緒衣の様子が気がかりで、このところ秀衡の訪れは日をおかず、という具合になっていた。そして、阿緒衣が思いがけなく体調が良さそうだったりすると、しみじみとこんなことを語りかけたりした。

「このわしにとって、胸の内を存分に広げられるのは、阿緒衣、そなたを置いて他にはない。じゃからの、頼むゆえ元気を取り戻し、どうかまたこのわしの力になってくれ」

そんなふうに胸の内を吐露する秀衡に、阿緒衣は感涙にむせびつつ答えた。

「勿体ない。ご立派な北の方様をおいて、そのようなお言葉をかけて下されるとは……」

「いやいや、これこそわしの偽らざる心じゃ」

「わたくしめは、あの森の中で生まれ育った、何も心得ぬような蝦夷の娘。このわたくしがもし……、」

　言いかけて小さく咳き込んだ阿緒衣の痩せ細った背を、哀れみの想いを込めてさすりながら、秀衡は言う。

「もし、どうしたと言うのじゃ」

「もし、このわたくしが、亡き御義母上君、萩の前様のように……」

「母御のように……？」

「心置きなく御館をお支え申し上げることが出来ましたらと、時折、出来もしない夢のようなことを、……考えることがござりました」

「おう、このわしこそ、どれほどそれをこそ望んだか。しかしそなたはいつでも、余りにも遠慮が過ぎて、もどかしくてならなんだ」

「御義母上様が、国衡を産んだ時お訪ね下さって申されました、わたくしとて母親は海の向こうの国の者。じゃがそんなことに、何の遠慮や引け目があるものか、と」

「我が母御がそのようなことを……」

「はい、有難くて、そのお言葉は生涯忘れるまいと思いました、なれど……」

「………」

「なれど、御義母上様とわたくしとは、自ずとその出自が……」

「よい、言わずともよい。お前はお前。父親のイリはこの地に誇れる立派な男じゃ。わしにはそれで充分」

「わたくしに出来ることはただ一つ、我が子国衡に、次なる御館泰衡様を、命にかえてお守りせよと、そう言い聞かせることだけでござりました」

「おう、国衡は年長なのに、日頃から年下の泰衡を良く支えてくれる。母たるそなたのその心根のお蔭で、泰衡は安泰。わしは有難く思うておるぞ」

秀衡は、母萩の前が阿緒衣に示してくれた心を、心底有難く思った。父基衡が阿緒衣の産んだ孫に、余り関心を寄せなかった一方で、母はそのように阿緒衣を気遣ってくれていたのだと。

母はそういう女人であった。そのようにして、父をしっかり支え通したのだった、と。

それからひと月もせぬに、しんしんと雪の降り積む夜半に、阿緒衣の命の灯はひっそりと消えた。

深い雪をかき分けて、阿緒衣の居館からその知らせが届けられたのは、翌日の昼も過ぎてからだった。

「やはり……、回復はならなかったのか」

万に一つの望みをかけていた秀衡は、そう呟いたきり、言葉をなくした。

それからの秀衡は、まるで生きる力をなくしたように、持仏堂に籠り切り、という日が多くなり、傍目にも老いが目立つようになった。

だがこの平泉の棟梁、御館秀衡がいつまでも失意の中にとどまるのは、周りの状況が許さなかった。

二

阿緒衣の死からひと月と経たぬ頃、ついに鎌倉の探索方に、義経を奥州に匿っていることを突き止められてしまった。

それを知った頼朝の怒りは凄まじく、即刻使者を朝廷に遣わして奏上した。咎人《とがにん》義経を匿う秀衡にはすでに謀反の疑いあり、速やかに奥州の秀衡を討ち取るべき、と。

頼朝にねじ込まれた朝廷側は、秀衡の詮議に乗り出さざるを得ないことになった。秀衡は無論、もとより異心はないと申し開きをし、それによって朝廷側も矛を収めたが、それで納得する頼朝ではなかった。

いよいよ決戦の時が迫った、秀衡はそう覚悟せねばならなかった。

平氏滅びて以来、西に脅威を取り除いた源氏は、今度は必ずやこの北の陸奥を攻める、それは火を見るより明らか、と常から秀衡は考えていた。

頼朝に必要なのは「藤原氏を攻める理由」だけだった。

それが今、朝廷から追討の命を受けて義経を陸奥に討つ、という格好の「理由」を手にしたのだ。

この後、鎌倉側は、陸奥攻撃のための準備を周到に整えていくに違いない。いや、頼朝のことだ、もうすでに、着々と準備を整えているのかもしれない。

それを迎え撃つために、この陸奥も軍勢を整えて準備せねばならなかった。

自分はその総大将として頼朝と対峙する。祖父清衡から父基衡、そして自分へと受け継がれてきた百年にわたる陸奥の繁栄と平和は、やがて無惨にも崩れ、この地は戦乱の地獄となる……。

そして……、と秀衡は冷徹に考える。

かつてこの陸奥の、あの強力にして勇猛な安倍一族は、朝廷軍の武将源頼義（いまの源氏の棟梁頼朝の、言わずと知れた先祖である）に、卑怯極まりないやり口で戦を仕掛けられた。

安倍の棟梁頼時は、仕掛けられたと知りつつ、我が子への止み難い情こそは最上のものと言い放ち、受けて起《た》った。

そしてそれが苦戦となった時、武将頼義は奥州の一方の雄、出羽の清原氏をなりふり構わず甘言と恫喝によって自軍に引き入れた。そうして安倍一族を滅ぼしてしまった。

その例を引くまでもなく、いずれ、どんなやり口ででも、源氏の軍は平泉の秀衡を討とうとするに違いないのだ。

源氏の武士集団は、平氏との歴戦を戦い抜いた強者揃《つわもの》い、それに対抗するには、百年の間を戦一つなしに、平和に過ごして来た陸奥の武士集団は、いかにも脆弱で心細く思われた。

実戦の戦法も拙い状況の平泉で、その奇襲戦法で平氏を滅亡に追いやった義経は、ただ一人、いまの陸奥の武士集団にはなくてはならぬ人間だった。

戦になれば、いずれそこに待つのは滅亡の運命か。

阿緒衣を失ってしまった秀衡は、自身ではもう生きる張り合いはなかったが、しかし、棟梁としてはそんな気弱な考えはしていられなかった。

日々持仏堂に籠り、秀衡は念持仏を拝しつつ、その御仏と対話した。

いかにすべきか、いかに進むべきか……。だが、慈悲にあふれた御仏の尊顔は何も語らず、ただ秀衡をじっと静かに見つめるだけだった。

戦を回避するために、秀衡は北の方凜子姫の父親、都の公家たちに多くの人脈を持つ基成を介して、ひたすら都に働きかけを続けた。平和なこの地を、戦乱の地にしてはならない、その想いだけが秀衡には強かった。

暫くは秀衡の努力は実を結び、朝廷は頼朝に、言を左右にして義経追討の宣旨を出そうとはしなかった。

実際、朝廷側にすれば、都に相応の気配りを欠かさず陸奥を平和に治めている秀衡に対しては、何の不都合もないのだった。むしろ陸奥において、武士集団の源氏の勢力が強大になり過ぎることの方が不都合だった。

秀衡はそのようにして、綱渡りをするような危うさを抱えながら、源氏が宣戦を諦めることを願う一方、だが、確実に来るに違いない戦の日のために、密かに備えを怠らなかった。

だが、そんな心労が祟ってしまったのか、秀衡は次第に体調を崩していった。

その年は、年初めから例年よりも雪が多く、連日降り積もる雪の中で阿緒衣は逝ってしまったのだったが、季節が巡って夏が訪れると、今度はこれまで経験したこともないような炎暑が蜿蜒と続いた。

田畑は干上がり、農民たちのこの年の租税は、到底例年のようには行くまいと思われたが、そんなことはお構いなしに、都からは徴税の要求が来るだろうと、国司を初めとする都からの役人たちは、戦々恐々の態だった。

あまりの暑さ続き、それゆえ夜半の冷気にうっかり油断したか、夏風邪にでもやられたのだろうと、秀衡本人も言い、周りの者たちもそう心得て手当に当たっていたが、案に相違して、暑さの終わりかけた秋口になっても、秀衡の体調はいっこうに好転しなかった。

それればかりか、秀衡の声は次第にしわがれて来て、だんだんに、短い言葉を発するにも、身体に力を込めねばならぬ様子が見て取れるようになった。

こんな容易ならざる時期にこのわしが倒れてどうする、と秀衡はおのれを励まし、起き上がって政務に向かおうとするが、身体はそれを許さなかった。

そんな状態に自分でしびれを切らしたように、ある日、床に臥せったまま秀衡は、側の従者に向かって言いつけた。

「樋爪の御館、俊衡殿をお呼びするよう、使いを出してやるように」

樋爪俊衡の見舞い

一

案内の者に招じられ、転げるようにまろび入って来たのは、樋爪太郎俊衡、紫波の郡、樋爪館の主である。

かつて祖父の清衡が、母親違いの弟の子清綱を自分の養子とし、そして父の基衡が、生前清衡に言い置かれていたように、秀衡とは母親の違う息子俊衡を、清綱の元に養子として送った。

以来、平泉と樋爪は太い絆で繋がってはいるが、それぞれに独立自尊の道を歩んでいる一族だった。

清綱には季衡《すえひら》と名付けた息子もあったが、基衡の子である年上の俊衡を樋爪氏の嫡子としていた。

俊衡は弟となった季衡を大切にして親しみ、また四人の男子、二人の女子にも恵まれて、平穏に暮らしているようだった。

そんなわけで実際には母違いの弟にあたるこの俊衡が、齢も余り離れず、性格も穏やかなゆえに、秀衡は日頃から、それとない親しみの感情を持っていた。

かつてこの平泉に引き受けた御曹司義経の身を、この樋爪の御館俊衡に託したのも、その全幅の信頼ゆえだった。

「御館がご不調になられたとは存じ上げもせず、今日までお見舞いにも参じませなんだ。この非礼、どうぞお許し下さりませ」

恐懼《きょうく》して言上する俊衡に、秀衡は手を振って言った。

「いやいや、単なる夏風邪ゆえ、案じるな騒ぐな、そう周りを宥めておったのは、他でもないこのわしじゃ」

「さようなことを……。して御館のそのお苦しそうなお声は、いかがして……」

「うむ、声がのう、こう出辛うなって来ての、これは声が出るうちに樋爪殿にもゆっくり胸の内を分けて、様々に話をさせて頂いた方が良かろう、そう思い立ったものでの」

「何か喉の御不調に効き目のある薬草を、薬師は調えてございりますか」

「うむ、周りはあれこれやってくれておるようじゃ。幸い、国見の山の薬草園には様々なものがあるようで……、まあ、ところでの……」

そこまで言うと秀衡は、喉の疲れを休めるように言葉を切って目を瞑った。

それから少しの間をおいて、周りに控えている者たちに人払いを命じた。

「樋爪の御館と、暫し二人で話がしたい」

秀衡はそれだけを言うと、周りから人が皆出払ってしまうまで口を噤んだ。

そこで俊衡は、ずっと下座に控えさせてある、伴って来た長子師衡にも、お前も下がれと目で合図を送った。

樋爪館の主は、平泉の御館が自分にしたいという「話」の内容に、容易ならざるものを感じたのだ。

それからかなり長い間、病床の秀衡は、俊衡一人を相手に、何事か物語りをした。そして暫しの時の後に、俊衡は床に伏した秀衡に辞去の挨拶をした。

秀衡は、そこから下がって行く俊衡の後ろ姿をじっと目で追い続け、掛けた褥《しとね》の胸の辺りから僅かに出した両の手を合わせ、合掌する仕草をした。

立ち去りがてにふと振り向いた俊衡の目の隅に、秀衡のその仕草の様子が映った。俊衡は深く頷き、無言のまま退出した。

俊衡が出て行ってしまうと、秀衡はふうっと大きな息をして目を瞑った。

その表情は、すっかり疲れ切ったようにも、また、ひどく安堵したようにも見受けられた。

別室に控えた師衡とともに、俊衡が夕餉の膳に与って伽羅の御所を辞したのは、日もとっぷりと暮れてからだった。

二人はその夜を、以前から平泉に用意してある自分たちの邸に泊り、翌日再び伽羅の御所に秀衡を見舞い、そして樋爪の地に帰って行った。

往きの道中と違って、すっかり寡黙になった父の様子に、師衡は何か容易ならざるものを感じたように、自身も口数少なく、老いた父を気遣うように馬を並べ、そんなふうにして樋爪の館への帰路についたのだった。

俊衡は、秀衡がしわがれた声を絞り出すように、それでも冗談めかして言ったひと言が気になってならなかった。

「さては鎌倉殿の調伏が、ここへ来て効いて来たものかの。お互い武士ならば、堂々と戦えば良かろうものを」

さしもの暑い夏も過ぎ、涼しい風に萩が揺れる秋になっても、秀衡の病状はいっこうに回復に向かわなかった。

樋爪の御館は、折に触れて見舞いの使者を遣わし、声枯れに効くという薬草をあれこれと届けたが、いずれもはかばかしい効果は得られないのだった。

二

そんなある日、秀衡は侍者に命じて、一族の者を寝所に集めた。

今はもう、それが、御館が今のうちに皆に言い置きたきこと、と息子たちの誰もが感じていた。

嫡子泰衡、兄国衡、弟の忠衡と高衡、頼衡、通衡それらが一堂に集められ、そこに、思いがけなくも義経も招じ入れられた。それには兄弟たちの誰もが驚きの表情を隠さなかった。一族でもない、ましてやこの陸奥を簒奪せんと虎視眈々と狙っている源氏の棟梁の弟なのだ。

中でも嫡子泰衡は、日ごろから義経に対しては、余り快い感情を抱いていないところがあった。

次なる御館、泰衡は思うのだった。

かつて義経殿はこの平泉に匿って貰いながら、父御館の制止も聞かず、兄である頼朝を援けたい一心で、恩を仇で返すようにしてこの平泉から去った。

そして、それまで平泉と良好な関係を保っていた平氏を滅ぼしたのだ。

そのお蔭で今、この平泉は西に脅威の亡くなった鎌倉に狙われる羽目になっている。結果的に義経殿は、平泉をこんな危地に陥れた原因を作ったのだ。

それにもかかわらず、義経殿は進退きわまるとまたおめおめと父御館を頼って転がり込んで来た。それが朝廷側の疑念を呼び、父御館はどれ程申し開きに神経をすり減らし、頭を痛められたことか。

何故にこんな厄介ばかり引き起こす者を、再三にわたって父御館は……。

そればかりではない、日頃からこの平泉の次期棟梁である自分よりも、義経の方を見込んでいるような様子なのも、泰衡を著しく不愉快にさせていた。

初めてこの平泉にやって来た若い頃、泰衡は武術の鍛錬で、義経にさんざんに打ち負かされた。その時も御館は、おおいに義経をほめそやした。

この平泉の好意によって寄宿する身になりながら、源氏の御曹司ということをかさに着て、御館の嫡子である自分にさえ遠慮会釈もなく打ちかかって来た。泰衡はそんな義経のことは、受け入れ難い気持ちだった。

「義経殿は、まるで礼儀をわきまえない。私は不快です」

そう訴えた時、父御館は泰衡をじっと見て言ったものだった。

「泰衡、お前の父は平泉の御館であるこのわし。そして母は都でも名のある名家と言われる家の姫。じゃから生まれ落ちてより今日まで、お前は打ちかかって来る者一人とてない中で成長して来た」

「それは確かに……、父上母上の御愛顧、決して忘れたことはなく……」

「まあ聞け。この上なく優しい母御の薫陶もあり、お前は長上への礼儀はよくわきまえる人間になった。それはお前の美点でもある。その点はこの父も常々認めておる」

「ならば、御館はこのわたくしに、何をおっしゃりたいと……」

「うむ、じゃが良いか、お前はこれまで、一度でもかの御曹司の生い立ちというものに思いを致したことがあるか」

「………」

かつて父御館と、確かそんな会話をしたことがあった。

そして先ごろ、兄頼朝に追われて尾羽打ち枯らして平泉に現われた時も、父御館は言ったのだった。

「御曹司は、お前の兄国衡や弟忠衡たちと同様、いわば父義朝殿の脇腹に生まれた子、それが幼くして父御を殺され、その命乞いに、母御の胸からも引き離されて寺に入れられた。そんなお寂しい身の上じゃ」

「それはこの泰衡も、よう聞き及んでおりまする」

「うむ。その上、先の戦では見事な働きをなされたにもかかわらず、結果は棟梁たる兄君から憎まれることになってしまった」

「はい、その詳しい経緯についてはしかとは存じませぬが……」

「じゃからの、多少気に障ることがあっても、お前はこの平泉の、紛れもなく棟梁になる身。御曹司の見事な武略をこそ認め、自分もそれに劣らぬように精進し、心を広く持って接して差し上げるが良かろう」

父秀衡の言葉に、泰衡は返す言葉がなかった。

父御館の、自分は到底足元にも及ばぬ。天がける大鷹の如く大きく広い懐、まさにこの平泉の大棟梁であると思う。

その父の言う通りなのだ、理屈は。いかにも自分は苦労知らずで、真っ直ぐ過ぎるのだとも思う。

慈愛に満ちた父の言葉には、素直にそう頷けるのだが、義経への感情の方は、そうすんなりとは行かなかった。

泰衡は、そんな狭い了見が顔に出るのが自分でも嫌で、日ごろから、出来るだけ義経とは接触を避けるようにして来た。

父御館から、御曹司のお世話を怠りなくして差し上げよ、と命じられた弟の忠衡は、武術に優れた義経を慕って、共に武術の稽古に励み、父御館に言いつけられた通り、よく彼らの世話をして、こだわりなく接しているようだった。

そんな忠衡には別に含むところはないと思いつつ、泰衡は、だからといって、こだわりなく忠衡と接する気があるかと言えば、それも複雑だった。

それでも、御館が嫡子である自分の妻として迎えたのは、都の姫君ではなく、同じ陸奥の、佐藤庄司基治の娘の紗斗《さと》である。そして弟の忠衡の母菊子は、基治の妹である。つまり忠衡の母は紗斗の叔母に当たる。

そんな関係にある兄弟の間なのだ、忠衡との間に、よもや険しい軋轢など生まれるはずはない、と泰衡は思っていた。

遺言

一

さて、いま両側から支えられて床の上に助け起こされ、背に体を支える厚い褥《しとね》をあてがわれて、御館秀衡は大きな息をした。

それから、そこに控えた一同の顔に順々に視線を移した後で、枕元に用意させた書き付けを取り上げ、力のない声で話し出した。

「よいか、今まさにこの平泉は存亡の危機。いずれ攻め来るであろう源氏の軍勢は、お前たち一同が力を合わせても、この上もなき難敵。向こうは数多《あまた》の戦いを勝ち抜いて来た歴戦の強者揃い。こなたは百年の平和を享受してきた、いくさ知らずの武士の集まり……。」

そこで疲れたように口が止まった秀衡の姿を、一同は痛ましげに見やるばかりで、泰衡を初め、誰一人言葉もない。

「……そこでじゃ、このわしが、このように情けなき身体に成り果てたからには、今のうちに言い残しておくことがある。心して聞き置くよう」

ははっ、と頭を垂れた一同に、秀衡は続けた。

「源氏の軍に対抗できる道はただ一つ、ここにおわす九郎義経殿を総大将として、その並み並みならぬ優れた軍略のもとに皆が心を一つにすることじゃ。一の谷や屋島の戦いも、そして檀ノ浦の戦いも制して勝利したその見事な采配、そこにわしは望みを繋ぐ。義経殿の旗のもと、皆々団結して立ち向かってこの平泉を……」

そこで秀衡が大きく咳き込んだのと、すすり泣きの声がしたのと同時だった。

皆は一様に末席の方を振り向いた。

泣き声の主は義経だった。義経は嗚咽をこらえて言った。

「今日まで御館よりお受けした数々のご恩、父を知らぬこの私に、我が子同様のお情けをかけて下された。そのご恩に報いるべく、この義経、この後必ずや平泉を死守せんと、兄頼朝に立ち向かう所存……」

やっと呼吸を整えて、秀衡は言った。

「よくぞ申して下された。皆々、良いな、これが義経殿の御心じゃ」

そこで秀衡は、また苦しそうに大きな息をつき、さらに続けた。

「泰衡、平泉の命運は、そなたの肩にかかっておる。良いな、何ものにも負けぬよう、義経殿と共に兄弟相和してよくよく図り、気を強く持ってことに当たられよ」

「ははっ」

秀衡はさらに大きく息を整えて、国衡の方に目を向けた。

「国衡、そなたはわが息子の中で一番の年上でありながら、常によく泰衡を援けておる。そなたの母が、泰衡誕生以来、いつもそなたにそのように言い聞かせて来たお蔭であろう」

「ははっ」

国衡は、父のこのような述懐を初めて耳にして、義経同様、感涙にむせんだ。

秀衡は続けた。

「泰衡の母凜子は、都育ちのやんごとない姫。この陸奥で秀衡が先に逝けば、どのように過ごすかと、わしはそれが心のつかえであった」

「…………」

「そこで、そなたの母阿緒衣に、わしにもしものことがあれば、何かと力になってくれと、常々から申しておった。だがあれはこのわしを置いて、先に逝ってしまった」

「先立ちました我が母の不忠、まことに、心よりお詫び致し……」

「そこでじゃ、わし亡き後は、凜子の身はそなたに預けることとする。凜子は泰衡の母。泰衡とともに、凜子の後々を安んじてやって欲しい」

国衡は驚いたように泰衡の方へ顔を向けた。これも驚きを隠せぬような泰衡と、目と目が合った。

それには構わず、秀衡はさらに続けようとした。

が、「次に忠衡じゃが……」と、そこまで言ってまた苦しそうに激しく咳き込んだので、一番の側近くに控えていた泰衡と国衡が、慌ててすり寄って左右からその背をさすった。

咳き込みはいつまでも止まなかった。秀衡は続けて話すことを諦めたように、もう横になると二人に合図した。

それから手にしていた書付けを、震える手で泰衡に渡しながら、擦れた声で、かろうじて言った。

「これにすべて……」

泰衡が頷いて押し頂くと、力なくその手を振り、もう皆下がれと合図した。

その日から後、秀衡は再び床の上に起き上がることはなかった。

二

思いがけない父御館の言葉に驚き、泰衡はそのまま母凜子の元を訪ねた。

御館が苦しい息の下から、皆の前でこのように申されました、と、驚きが冷めやらぬまま母凜子に話して聞かせた。

一部始終をじっと聞いていた北の方凜子は、泰衡の話が終わると、じっと目を閉じ、そしてその眼尻からは一筋、また一筋と涙の滴がしたたり落ちた。

その様子に、泰衡は痛ましそうに言った。

「母君様、ご心配召さるな。兄者ごときがお気に召さぬば、この泰衡がしっかりと母君様をば……」

言われて母凜子は涙を拭い、そして言った。

「そなた……、何を思い違いして、そのような申し条」

「はっ？」

「わらわはの、御館への有難さ、申し訳なさで、この胸は張り裂けんばかり」

「申し訳なさ、ですと？」

「わらわはの、この奥州武士の棟梁として、そなたの育て方を間違えてしもうたのじゃ。このような事態に立ち至った今、痛切にそのことを思い知らされておりまする」

「育て方を間違うたと？」

「御館はこんなわたくしを、これまでどれほど歯がゆくごらんになられておられたことか」

「突然、何をおっしゃられるのでござりますか」

「わたくしは所詮都育ちの京女。おのれの育った環境のなかで見聞きしたおのこの方々のようにそなたを育てる他に、その方法《みち》を知りませなんだ」

「…………」

「ですが、此処は奥州なのです。この藤原は奥州武士団の棟梁。未熟なわたくしはそれをしかと考えることもなく、隆盛のこの平泉で、そなたを都の公家のおのこのようにお育てしてきた。その結果……」

「いや、父御館は、次なる御館はこのわたくしと、兄弟皆の前ではっきりと明言されました。勘違い召されますな」

「長子国衡殿は、蝦夷の母御の血を引いた、まことに勇猛果敢な御方と伺っております。その国衡殿とそなたとで力を合わせよと申されたは、そしてわたくしを国衡殿にと申されたには、どんな意味が込められているか」

「どんな意味がと？」

「そなたはそこに、父御館の御心中を忖度《そんたく》しようとは、思わぬのですか」

「忖度？　しかし、この泰衡にどうせよと……？」

「そなたにどうこうせよとは……。ただこのわたくしが未熟であったために、取り返しのつかぬことにと、御館に申し訳なさでいっぱいで」

秋も深まった一日、一族の者たちに看取られて、平泉三代目、北天の鷹との誉れ高かった秀衡は、奥州の行く末を憂えつつその生を終えた。

文治三年（一一八七）十月二十九日のことである。

夫秀衡が亡くなって寡婦となった凜子は、剃髪して仏門に入るということはないにせよ、以後一日の殆んどを自分の持仏堂に籠り、あるいは秀衡の眠る金色の御堂に参り、ひたすら経を誦して過ごすようになった。

凜子はそこで、亡き秀衡に詫びつつ、人知れず悔恨の涙を流し、そしてこの平泉の行く末の安寧を祈り続けるほかに、術を知らなかった。

恫喝

一

年が明けて、文治四年の二月、鎌倉の頼朝は、待っていたと言わんばかりに泰衡と祖父、つまり母凜子の父である藤原基成に対して、平泉に在る義経を討ち取るよう通告して来た。

新しい御館となった泰衡は、昨秋の父秀衡の逝去以来、まだ何事も手につかず、やっと義経を中心に源氏の軍勢を迎え撃つ算段のことに、気を向けたばかりだった。

そんな中での突然のこんな通告は、受け入れられるものではなかった。

かと言って、滅多な返答をして頼朝を刺激すれば、父亡き後まだ日も浅いなか、口実を与えて一気に攻め入られる恐れもあった。

泰衡は言を左右にして、鎌倉への返答を引き延ばすよりなかった。

ひたすらに時を稼ごうという算段だった。

だがそれは、一方からみれば頼朝の恐れでもあった。日数を過ごすうちに、軍略に長けた義経が、どんな戦法を考えて奥州軍団を動かそうとするのか、現に平家軍を相手に、天才的ともいえる軍略で打ち負かした義経の存在は、頼朝には脅威そのものであった。

そんな頼朝にとって、右とも左とも答えぬ煮え切らぬ泰衡の態度は、ただ腹立たしいばかり、苛立ちとともに、しつこいまでに朝廷へ圧力をかけ続け、やっと義経追討の正式な宣旨を勝ち取ったのは、秀衡逝って一年にも満たぬ、という時期だった。

義経ばかりではなく、これに背けば泰衡、基成もともに追討、との達しに、何事にも経験の浅い若い泰衡は、次第に心の平衡を失っていった。

錦の御旗ともいうべき宣旨を得た頼朝の恫喝は、日を追って熾烈さを増していき、これまでのように言を左右にするばかりでは、到底逃れられぬ状況に追い込まれて行った。

そんな状況に対して、若き新御館泰衡は為す術を知らなかった。

どっしりと肝の据わっていた父秀衡と違い、恫喝されるなど経験もなかった泰衡は、豹変した頼朝の態度にただ右往左往、国衡や忠衡の忠告にも耳を貸さず、この上はもう義経殿の首を差し出すよりあるまいと、うわ言のように言い出す始末だった。

これに危機感を持った弟の忠衡と頼衡は、密かに義経と諮り、僅か数名の従者をつけて、夜陰に乗じて義経を居館から出奔させた。

亡き父秀衡の遺した志を継いで貰うべく、一旦平泉を離れ、そこで頼朝への反撃の道を探って貰おうとの算段だった。

そしてその後の居館には、これまでも義経の影武者を務めたことのある杉目太郎という従者が、これまでと変わらず、何食わぬ顔で座っていた。

先代秀衡の死去以来、次子兼衡を平泉に常駐させ、それとなく動静を報告させていた樋爪館の当主俊衡は、忠衡様からの内々の御報告でござります、とて、義経出奔の報告を兼衡から受けた。

その知らせに俊衡は、何とも名状し難い胸騒ぎを覚えた。

「やはり事は、亡き御館が恐れていたように進んで行く……」

先年、病床の秀衡に呼ばれて駆けつけた時、人払いさせた秀衡が述懐した事どもが、折に触れて俊衡の胸に蘇えるのだ。

「いずれ鎌倉は、必ず弟君、義経殿を引き渡せと言って来る。泰衡の器量では、おそらくこれに抗し続けることは出来まい。そこでじゃ……」

その時になったら義経殿をいずこへとか匿い、何とか時を稼いで下され。その間に、義経殿には我が息子たちを叱咤督励してこの平泉軍の軍略を立て、兵を結集して頂く……。

俊衡は、改めて亡き御館秀衡の、先を読む目に畏敬の念を抱いた。

この平泉を、泰衡では持ちこたえられぬ、歯噛みするようにそう言っていた御館の懼れ。

その前に義経殿が軍略を立てて兵を結集させる、それを今は願うばかりの俊衡だった。

二

そしてその年は、右往左往するうちにも、何とか事なきを得て暮れた。

翌文治五年、正月も無事に持ちこたえられたかと、安堵の胸をなで下ろしていた俊衡に、だが兼衡から、突然驚愕すべき知らせがもたらされた。

御館泰衡が、弟の頼衡を襲ってこれを討ったというのだった。

棟梁としての自分の意に事ごとに逆らうため、これを成敗した、というのが泰衡の言い分だという。

俄かには信じようとせぬ驚きの俊衡に、兼衡はこう説明した。

「すぐ下の弟忠衡様と違い、まだ若い頼衡様は、兄泰衡様に対して、義経殿を決して差し出すべきではない、と真っ向から考えを述べて譲らなかったとか」

「それこそが亡き御館の御遺志であられたからの」

「ですが、それに対して新御館は、著しく年下でありながら、棟梁たる自分に遠慮もなく意見を述べて憚らず、礼儀もわきまえぬ輩であるとばかりに、日々憎しみを募らせるようになられたらしく……」

「そのようなことで諍いをしておる場合ではあるまいに……」

「はい、まことに。で、この事態を憂慮した私は、密かに頼衡様に説いて、新御館の目から逃れて、ひとまず樋爪の館の父俊衡の元へ向かわれては如何かと、お勧め申したのです」

「うむ」

「頼衡様は私の言葉を聞き入れて、御自分の居所から夜陰に乗じて密かに出奔、樋爪の地を目指したのですが、時すでに遅く、新御館が差し向けた討っ手に追われてしまい……」

「それで？」

「はい、この樋爪の館にあと一歩という所で襲われ、切られてしまったと」

「何と――、」

呻くようにそうひと言、俊衡は顔を歪めた。

「一足、一足だけ遅うございました。何とも無念」

絞り出すような声でそう報告した兼衡の言葉に、俊衡も声がなかった。

兄弟結束せよ、との父御館の遺言を、かくまで軽んじてしまった新御館。

百年にわたり、清衡、基衡、秀衡の各御館に受け継がれ、血のにじむ努力によって紡がれて来た平泉の平和。その崩壊がついに始まり、もうこれでとどめようがなくなったのだと思った。

かくなる上は、いずこかへ身を隠した義経の消息だけが、いまは唯一つの希望、と俊衡は思った。

だがそれから僅か数日、兼衡からは追いかけるように情報がもたらされた。鎌倉側は、「義経に与する泰衡を追討し、泰衡に追随する公卿たちはことごとく官を解くべき」と上奏、同時に泰衡と義経の動静を掴むために奥州に使者を遣わした、というものだった。間諜が跋扈する仕儀になったのだ。

翌月はさらにまた、泰衡を追討すべき旨、頼朝は重ねて院に要請したという。

俊衡はただ、片頬を歪ませて声もなく笑うだけだった。

「やはりの、かつて安倍一族を滅ぼした源氏のやり方。先代御館には手を出さずに時を待ち、脆弱な新御館に代わるのをじっと待っていたということよ。今の御館は残念ながら、鎌倉と渡り合うには余りにも力不足」

先年の義経追捕の宣旨の後、暫く無言に過ごしたのは、その間に泰衡という新しい棟梁の器量を、存分に観察したと言うことに違いなかった。

なぜにその間に、新御館は義経殿と共に準備をしなかったのか……。

さらにその翌月、満開の桜が狂ったように散り敷いているなか、遂に泰衡は頼朝の恫喝に抗しきれなくなり、義経（の影武者）をその居館に急襲した。

最後まで主を守り、武蔵坊は満身に矢を受けてなお防戦、大地を踏みしめたまま往生した。その間に影武者義経は、居館の持仏堂に籠って自害した。

この報に俊衡は絶句した。

表向き義経殿が誅されたとなった以上、いずこかにおわす義経殿が決起するという芽は、半ば摘まれたも同然ではないか、と歯噛みした。

だが、これで事は済まなかった。

さらに泰衡は、最も頼りにすべき弟、忠衡をも誅してしまったのだ。

「何ゆえに……」

そう絶句した俊衡に、それを伝えて来た兼衡は、暗い顔で言った。

「忠衡様が新御館にも内密に、密かに義経殿を出奔させたことが耳に入り、そのため新御館は激怒され、常々から忠衡は義経と誼を通じ、自分をないがしろにして来た、と」

「何とかして新御館をお支えして、皆で力を合わせて、という一念ゆえであったろうに、忠衡様は」

「まことに。ですが、長上への礼儀を殊の外尊ぶ新御館ゆえ、ないがしろにされたという屈辱感は、計り知れぬものだったのかと」

御館は最早、自分が何を目指し、何をすべきか完全に見失っている。自分から孤立無援への道を突き進んでいる……。

いよいよその時が来る、と俊衡は観念した。一昨年、先代御館を見舞った折、この命に代えて、と申し上げたそのお約束を果たす時が、と。

それにしても……、と俊衡は再び思ったのだった。

「先代御館の先を見通す目には、誰も敵う者などいない。やはりこの上なく卓越した、北天の鷹そのものの御方だった。御館は病床にあって、泰衡様が棟梁になられた暁には、必ず今日があると予言された。そして行き着く先は、源氏に蹂躙され尽くす平泉であると」

秀衡様があと少しでもご長命であられたら……。

瞑目し、歯ぎしりしたい気持ちで思うのはそれだった。が、それを今思っても、詮無い事であった。

そんな思いを振り切るように、平泉に戻って行った兼衡の元へ、追い掛けるように俊衡は使いをやった。

かねてそなたに密かに命じていたことを、為す時が来てしまった、それを為すべく、急ぎ樋爪に立ち戻るようにと。

それから俊衡は、のろのろと立ち上がりながら呟いた。

「大荘厳寺に参り、御住持様にご相談せねばなるまい」

堀割に囲まれた居館樋爪館、ここは養父の清綱が、川湊そばの桜の御所とは別に、平泉の先代御館秀衡の居館「伽羅御所」に倣って、俊衡の居所として築造したものである。

その居館のすぐ東方《ひがしかた》にある大荘厳寺、そこへ向かう俊衡は、池一面に美しい花を咲かせていた蓮が、いつの間にか皆末枯れてしまっていることに、今更ながら気がついた。

「この夏は、ゆっくり蓮を愛でる心の余裕もなかった……」

俊衡は改めてそう思い、もしかしたらこの後の年月も、もうそれは……、と危惧せざるを得ないのだった。

そんな俊衡の後姿は、腰が僅かに曲がり、背も丸まって、はっきりと老いのそれになっていた。

新御館泰衡により討たれた頼衡、義経、忠衡。その度に樋爪の御館俊衡は、この大荘厳寺に参り、住持の蓮弘師と共に、非業の最期を遂げた彼らのために、その冥福を祈っていた。

先代御館秀衡が入道になったのに触発されて、自身も剃髪して入道になっている俊衡は、老いの足を踏みしめて、その日も山門をくぐった。

たまたま境内に出て、銀杏の大樹が色づいて来たのに目を遣っていた住持蓮弘師は、そんな俊衡入道の姿を目にして、ゆるりと声を掛けた。

「御館、御足元にお気をつけなされませ。山門の石段が、この頃いささか緩んで参りましたでの」

その声で初めて蓮弘師の姿に気づいた俊衡は、そこで一瞬立ち止まり、それからまた無言で足を運び、蓮弘師と肩を並べて堂の内に進んだ。

頼朝の恫喝に耐えきれなくなり、平静な判断力を失って、味方とすべき者たちを次々と誅していった平泉の御館、泰衡に残っていたのはただ一つ、恃みとする兄国衡とともに鎌倉の軍勢に対峙する、という道だけだった。

滅びの章　泰衡［伊余］から秀安へ

《樋爪氏関係》

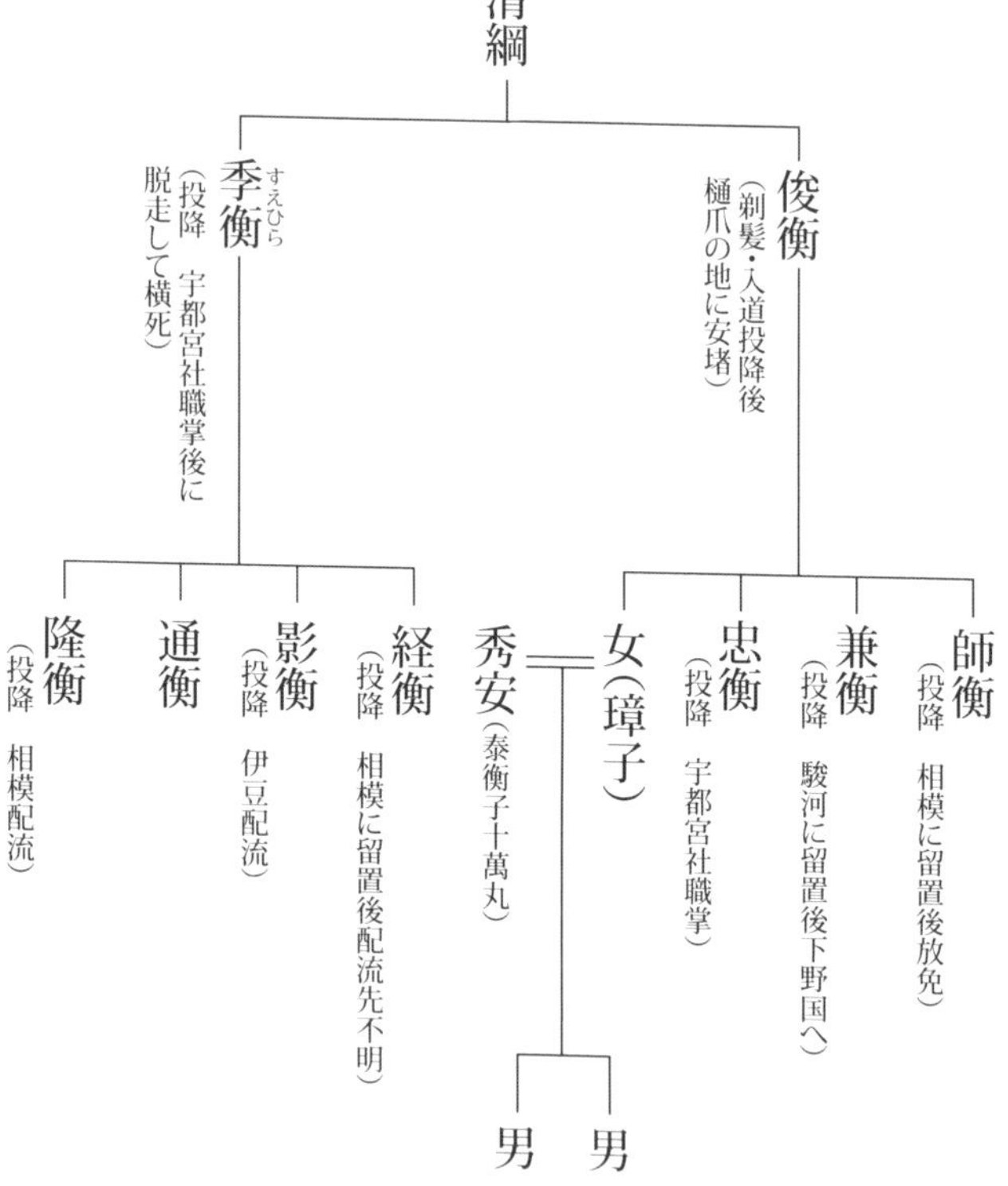
清綱
俊衡
（剃髪・入道投降後
樋爪の地に安堵）
季衡《すえひら》
（投降　宇都宮社職掌後に
脱走して横死）
師衡
（投降　相模に留置後放免）
兼衡
（投降　駿河に留置後下野国へ）
忠衡
（投降　宇都宮社職掌）
女（璋子）
秀安
（泰衡子十萬丸）
経衡
（投降　相模に留置後配流先不明）
影衡
（投降　伊豆配流）
通衡
隆衡
（投降　相模配流）
男
男

凜子姫の悔恨

一

いつものように、金色の御堂で祈りを捧げている時だった。

ほとほとと、外から扉を叩く音がしたような気がした。

凜子はそっと振り返った。

御堂の外は、いつの間にか強い風が吹き荒れているようだった。亡き夫の冥福を祈るための日課は、このごろは専ら、ご先祖に我が子泰衡の戦勝と無事を祈るそれになっていた。

振り返った耳に、音は消えていた。

はて、木々の枝が強風に吹き千切られて舞う音であったか……、そう思ってまた居住まいを正し、祈りに入った。

関山の秋は早く、御所のある平地より、いっそう寒さを感じる。紅葉も目に見えて早い。

そのまま暫く瞑目合掌し、有るか無きかの声で経を誦していると、またしても背後の扉の方でコツコツと、嵐の中で、今度ははっきりと音がした。

「迎えの輿にはまだ間がある筈じゃが……」

訝しく思いながら凜子は立ち上がり、扉の方へ歩を進めた。

内側から扉を開けるのももどかしげに、風と共に吹き入って来たのは何と、鎧具足も乱れた泰衡ではないか。

「泰……」

驚きで言葉にもならず、そのままそこにへたり込んだ凜子に、仁王立ちの泰衡は、悲痛な声で言った。

「今生のお別れでござります、御母君」

「お別れ……、して、泰之はいかがした。孫君の泰之はいずこに」

「我が子泰之は討たれました。兄者国衡もまた、南の阿津賀志での戦いに敗れましてござります」

「何と……、」

「この泰衡、懸命に抗戦いたしましたが、力及ばず平泉は……」

「そなたは、そなたは命を懸けて、最後まで戦おうとはせなんだのか。何故にそなただけここまで……」

「力の限り戦いました。なれど、もはやこれまでと退却。御所が敵に蹂躙される前に、火をかけるために立ち戻りました」

「御所に火を……」

「はい、この後私は北へ落ちて参ります。この上は、北のいずれかで義経殿と落ち合い、必ずや力を合わせて……」

「何をたわけた……、義経殿は、そなたが襲ってご自害させ……」

「今はこれ以上詳しくは。ですが義経殿に詫びて、その御力をお借りしてきっと。御母君、では……」

言葉の最後の方は、開け放ってあった扉の外の風の音にかき消された。

外には従者たちが待ち受けていたらしく、数多の蹄の音とともに、泰衡は馬上の人となり、またたく間に駆け去った。

凜子は呆然と座り込んだまま、身動きもならなかった。今、目の前で起こったことは、夢か幻かと思えるほど、一瞬の出来事だった。

「泰衡は……、泰衡は…、」

頭の中は混乱し、ただ我が子の名前だけがぐるぐるとまわっていた。

兄と恃んだ国衡は敗れ、子の泰之も討たれたのに、自分は最後まで戦わず、これから北へ落ち延びると言う。

だが、凜子には確かに聞こえた。泰衡は捲土重来を期し、義経殿と力を合わせると。とすれば、泰衡が義経殿を討ったというのは、真実ではなかったというのか。

落ち延びようと言うのではない。単におのれの命を長らえるのではない、捲土重来を期すために、と泰衡は言った。

だが、と凜子は、それは一見頼もしげな言葉ではありながら、ほんとうのところは果たしてどうか、との疑念が浮かぶ。

自分の胎内から産み落とし、今日まで泰衡を慈しみの目で見て来た凜子には、その疑念は故ないことではなかった。

「亡き夫秀衡様に、どのような申し訳も立たぬ……」

こんな子を産んだ自分、こんな子に育てた自分が、目の前の須弥壇の下に眠る夫にただ申し訳なく、居たたまれぬ思いだった。

泰衡がさっき最後に言った、「御母君、では……」、その次は聞こえながったが、泰衡の言葉の続きは何であったか。

単に「御母君、ではこれにてお別れ」であったか、「御母君、では御息災で」であったか、「御母君、では参ります」であったか。

だがいくら様々な言葉を思い浮かべてみても、「御母君、では亡き父君に、この力ない泰衡を詫びて下され」というのは、泰衡の言葉としては思い浮かばないのだった。それが凜子にはこの上もなく哀しかった。

そして泰衡は、目の前の須弥壇の下に眠る父祖の御霊《みたま》に、一瞬の祈りを捧げようともせずに、風のように去って行った。

泰衡は、気立ては優しいながら、何故か周りへの気配りが足りぬ、そういう子であった……。

そういう子に、自分は育てて来たのだ……。

二

夫秀衡の父御館である基衡公と、父藤原基成によって決められた婚儀。

それによって凜子は、秀衡のもとに嫁して平泉藤原の北の方となった。

その婚儀を決めた父に対して、凜子は一度として疑問も不足も持ち得たことはなかった。

あの頃の平泉は、遠い北の地といえども、都びとも羨むような黄金期の真っただ中だった。

自分を嫁がせるに当たって、父は言った。

「確かにの、この地は京の都と違って、様々なことでまだ雅さには欠けるかもしれぬ。だが今のこの地を統べる棟梁、そして若棟梁は飛ぶ鳥を落とす勢い。そうよ、平泉ではそなたが望む、どんな暮らしも出来よう。わしもそなたと共にこの地に骨を埋める覚悟。それ故何も心配するには及ばぬ」

父はその任が果てても、京の都には戻らぬつもりだと言った。

その父の言葉を、まだ幼さを残した若い凜子は、ずっと将来にわたって父や母と共にこの地で暮らせるのだと、どんなに心強く聞いたことか。

その父の言葉を裏打ちするように、夫の父基衡公は、この地に父の為に壮麗な邸を用意して贈った。

そんな中で始まった平泉の御所での暮らしだった。凜子が不安に思ったり不足を覚えたりする事は何もなかった。

父が言ったように、凛子は都から伴って来た侍女たちに囲まれて、都での日々と変わらず、思う通りに日を送ることが出来た。これ以上無きような雅《みやび》な衣装に身を包み、香を焚きしめた居室で好きな草子本を読んだり、筝を弾いたり、侍女を相手に歌を詠み、流麗な字で散らし書きにして悦に入ったりした。

春は桜、夏の宵は七夕や蛍狩り、秋は菊の節句や紅葉狩り、冬は雪見……、それらは何一つ京にあった日々と変わるものではなかった。

夫である秀衡も、自分にあれこれ指図するような物言いをすることはなかった。そればかりか、妻の自分に、少し遠慮気味な物言いをする、と感じることさえあった。

そこに凛子は、後ろ盾である父基成の影を感じた。

そしてやがて、凛子は無事に男児を出産した。

その日から、凛子の北の方としての位置はゆるぎないものになった。

凛子の負担を思いやり、乳母や侍女たちにその世話を任せよという夫に、可愛さの余り、凛子は幼い千寿丸を、いつまでも自分の傍らから離すことが出来なかった。

無論の事に、乳母も侍女も不足なく身辺には侍らせ、そうして凛子は日々千寿丸の成長を見守った。

それはどんなに満ち足りた幸せな日々であったことか。

そんな中で千寿丸は、幼い頃の自分同様、あふれんばかりの愛情を一身に受けてすくすくと育った。千寿丸はまさしく凜子の宝であり生き甲斐だった。

千寿丸は、幼い頃から父御館秀衡公には似ぬ、線の細い柔らかな感じの童であった。自分の父母や、京にある身内の公家の誰彼の血の方を受け継いだらしいと、凜子は内心秘かに好もしい思いで、そう考えていた。

秀衡公は幼い頃から馬を乗りこなし、山野を駆け巡るのが好きな逞しい童だったと、凜子も従者たちからは折に触れて聞かされたが、千寿丸は元服して泰衡となってからでさえ、自分から進んで馬に乗ろうとはしなかった。

ましてや、弓矢の技や、刀を取って相手と切り結ぶなどということは、「私の性に合いませぬ」と言い続けていたものだった。

兄の国衡や弟の忠衡に、そんなことは出来るだけ任せて、自身は書を読んだり歌を詠んだり、ということの方を好んでいた。

そんな泰衡の穏やかな性格をこそ母である自分も好もしく思い、それを良しとして見つめ続けたのだ。

そんな日々の中で、そうだ、こんなこともあったと、凜子は今、遠くを見るように思い出す。

幼い頃、庭に降りて駆け回って遊ぶうち、転んで泣いた千寿丸に、ちょうど凜子のもとを訪れていた父御館は、厳しい叱声を浴びせた。

「自分で転んで何故泣きわめく、自分で立ちあがって塵を払え」

その厳しい言葉に自分はどうしたか。真っ先に泣いている我が子に駆け寄り、相手をしていた侍女の失態を叱りつけつつ夫に訴えた。

「年端もゆかぬ童、怪我でもしたらどうなさるのですか。御館は幼い者に厳し過ぎまする」

それに対して夫は言った。

「千寿丸は平泉軍団の棟梁になる身。軟弱に育って欲しゅうはないのだ」

「とは申せ、千寿丸はまだ幼すぎまする。御館の言い様は野蛮に過ぎて、わたくしにはおそろしいばかり。納得が行きませせぬ」

「野蛮……?」

と言ったまま、夫は口を噤んだ。

千寿丸のためならば、夫である御館に対しても、自分は何の臆することもなく言い返すことが出来た。

またの日、そういえばこんな事もあった。

凜子とともに、千寿丸が侍女たちに囲まれて歌を詠んでいた時だった。

御館の従者の子で、いつも遊び相手を務めている獅子丸という子が、常には似ずに、思いもかけぬ良い歌を詠んだ。

まあ、獅子丸殿も、いつの間にか腕を上げられて、と侍女たちは交々にその歌を褒めそやした。

それに対して、凜子はその侍女たちの態度をたしなめた。

「そなたたちは誰の侍女か。褒めるなとは決して申さねど、そこには自ずと気遣いがあってしかるべき。褒めて差し上げるべき順序というものがあろう」

侍女たちは驚き畏れ、皆口を噤んで言葉もなく俯いた。

「千寿、獅子丸の歌も良けれども、無論千寿のそれには及びませぬよ」

その母の言葉に、千寿丸は胸を張って答えた。

「勿論ですよ、御母君。私はこの平泉では、御父君の次なる者ですから」

そしてさらに、千寿丸はこうも言った。

「でも御母君、獅子丸はほんに上手い御歌を詠みました」

凜子はそんな千寿丸の、心の優しさをこそ愛した。

御館と寝所を共にした時、凜子はその時のことを訴えた。都では、あんな無礼な侍女たちはすぐに下がらせてしまいます、礼儀もわきまえず……。

言い募る凜子に、御館は笑って言った。

「ここは京の都ではない。陸奥の女どもは正直が取り得。歯が浮くようなお世辞などは言えぬのじゃ」

「お世辞とは違いましょう。礼儀とは、そういうものでは……」

「そんな世辞や礼儀にくるまれて、千寿はどんな棟梁になれるというのじゃ」

「はい、むろん千寿には、気遣いも礼儀もわきまえた、奥州の皆々から慕われる立派な棟梁になってもらわなければなりませぬ」

「皆を率いる棟梁には、下を引き立てる器量も必要。何でも自分が一番という、そんな思い上がりを助長させせぬよう、心したが良い」

そこまで言うと、あとは凜子の言葉も聞こうとせず、御館は不機嫌そうに口を噤んでしまった。

そうしてそんな気まずさが夫婦の間に流れた後は、夫が幾日かを通う先を、その頃には凛子ももう知っていた。

三

「夫が通う先」に対して、口にも態度にも、凛子はおくびにも出したことはない。そんなはしたないことは死んでも出来ないことだった。

自分は紛れもなくこの平泉棟梁の北の方。夫がどこでどんな女性を何人娶ろうとも、心一つ動かさぬ、いや、動かぬ筈だった。

しかし、その女人の場合は、自分を娶る前にすでに子まで生している、と知った時、凛子の動揺は大きかった。

その動揺が収まったのは、その女人の出自を知ってからだった。

この平泉の奥地に住む蝦夷の集落の長の娘、そう知ってからというもの、凛子の動揺は嘘のように鎮まったのだった。

ましてや夫が、その「妻」とともに、時折山野を馬で駆け巡るなどと聞いては、自分とかくも異質で、従者たちと共に狩りに同行させるような相手としてのそれでは、心乱される価値もないのだと思った。

思うに、夫は単に、窮屈な従者たちとは違う、共に山野に出かけてくれる相手が欲しかっただけではなかったのか、と。

忠衡やほかの息子たちの母と違い、長子国衡の母はそのような境遇。

それゆえ国衡は、泰衡の兄とは言いながら、常に凜子のなかでは、何ら重きもなさぬ存在、となっていた。

まだ若くて未熟だった自分は、そのような拙い意識のままに、そばで見聞きする自分の父と母の日常そのままに、そして愛情いっぱいに育った自分と同じように、泰衡を真綿でくるむようにして育てて来た、と凜子は思う。

夫と「その妻」のように、狩衣姿で山野を馬で駆る、泰衡をそんなおのこに育てようとの気は毛頭なかった。

それゆえ、もどかしげな夫の言葉もその心も一向に理解せず、また理解しようともしなかった。

夫はそんな自分を、そして泰衡を、どんなに歯がゆく思い、また失望していたことだったのか。

弟を誅し、御曹司を誅し、兄が敗れ我が子が討たれても、なお落ち延びていくという棟梁泰衡は、紛れもなくこの自分が産み、育てた子なのだった。

御仏を前に、その下に眠る夫秀衡の棺の前で、凜子の悔恨の涙はとどめようがなかった。だが、そんな涙の一方で、凜子には一縷の望みが残った。泰衡が言い残した、あの「義経殿と力を合わせて、捲土重来を……」という言葉。泰衡がおのれの手で先年誅した筈の御曹司は、ならばいまだ存命だというのか。

「御館、どうぞこの不肖の妻に、泰衡が何を考えて落ちて行くのか、お教えくださいませ」

しかし須弥壇の下に眠る秀衡からは何の返答もない。

「いつもそうであった」

凜子は改めてそう思う。自分は夫から、うわべはたしかにこの上なく大切にはされてきたが、肝心な心のうちは、いつも自分には見せてくれぬ夫であったと。

そのことに気付いた頃から、凜子の内には、いつも言い知れぬ空しさ侘しさが居座るようになっていた。

これ程までに夫や周りから守られ大切にされて、平穏この上ない日々を送って来ながら、夫と過ごした日々の中で、お互いに心から寄り添い、満ち足りたと思えたことはついぞなかったと、改めて凜子はそのことを思うのだ。

そんな空しさ侘しさは、だが誰にどう訴えて見たところで、理解してもらえるものではない、と凜子には分かるのだ。こんな心の有り様など、説明の仕様もないのだから、という諦念が、この齢になった、いまの凜子にはあった。

泰衡の最後と樋爪一族の投降

一

八月七日、阿津賀志山の戦いで国衡の率いる軍を破った頼朝は、それから十日余りを経て平泉に入った。

泰衡はすでに北へ敗走した後で、平泉の伽羅御所を初め、主だった建物はすでに灰燼に帰し、京にも優ると言われたきらびやかな陸奥の仏都平泉は、無残な姿になり果てていた。

だが、そんな中でも火災をまぬがれた壮麗な大寺院の数々は、頼朝の目を驚かしめた。想像を超えた陸奥の仏教都市の佇まいに、頼朝は自分の帰って行くべき鎌倉の、この後の都市建設について、これに劣らぬものを、と密かに意を新たにしたに違いなかった。

そこに十日ほど滞在した後、頼朝はさらに北に向かって軍を進めた。棟梁泰衡の落ち延びた先がまだ分からず、あちこちに探索の手を差し向けてあり、これを討たねば奥州討伐は完了とはいかなかった。

平泉から北へ向かって宿営地としたのは、紫波の郡、陣ケ岡だった。

かつて奥州攻めに赴いた先祖の頼義、義家両将軍も宿営地とした、広大な原野である。ここへの途次に通り過ぎた藤原氏の一族、樋爪氏の居館もすでに焼け落ちて黒煙がくすぶっていた。

聞けば、やがて頼朝が平泉を発って北上、と聞いて、樋爪の主もまた、自ら居館に火を放ち、一族して何処へともなく落ちて行ったというのだった。

山々が紅葉し、冷たい秋風がすすきを揺らすこの原野に、頼朝は八日間宿営し、泰衡と、そして樋爪一族の探索に当たらせた。

そんな中、前触れもなく突然、河田次郎と名乗る男が、陣所としている陣ケ岡の蜂神社に現れた。そして「泰衡の首」と称するものを差し出した。

それは九月六日のことだった。

その河田次郎という男は、出羽の比内郡贄柵《ひないこおりにえのさく》による、奥州藤原氏の配下と名乗り、三日に主君泰衡を討ち果たしたと言った。

その首実検をするため、すぐさま泰衡を知る者を探し出せ、とて、阿津賀志山の戦いで捕えられ、捕虜になっていた赤田次郎という男が召し出された。

赤田はこの傷だらけの首と対面するや、わっとばかりに号泣した。

それを見て、確かに泰衡の首と判明はした。

河田というその男に、泰衡を討った経緯を問い詰めると、彼は言った。

「敗走して来た平泉の御館は言いました。これからさらに北へ向かい、いずこかの地で必ずまた立ち上がる、その時はきっと力を貸してくれ、と。北とは、いずこのことや、と問い返したところ、それはまだ分からぬが、ときわめてあやふやな物言い。これはその場限りの言い条に違いあるまいと、まずは自邸に招き入れましたが……」

そしてさらに、河田という男はこう続けた。

「平泉が落ちた今、御館が投降して源氏の配下に加えられる、もしそんな道が残されていれば、自分たちもこれ以上戦にかかわらずに済む、そう考えて、家人に命じてひそかに将軍の陣所に落とし文をしましたが御返書なく、この上は御館の配下たるを離れるよりあるまい、との考えに至りました」

そして、その日もまた前日と同じように饗応すると見せかけ、ひと思いに討ち果たしたのだ、と。

さも手柄のようにそう申し述べたと、取り調べの部下から聞いて、頼朝は烈火のごとく怒った。

かつて自分の父である義朝が、平治の乱に敗れて東国に落ちる道すがら、配下の長田忠致《ただむね》に、湯殿での湯浴み中に討ち取られた、という屈辱が蘇ったに違いなかった。

下が上を誅すということを、頼朝はもっとも憎んだ。

頼朝は怒りを抑え切れぬまま、河田次郎を自分の面前に引き据えさせ、自ら尋ねた。

「お前はなぜ、長年の恩ある主君を謀って討ち取ったのか。主に対して何か怨みに思うことでもあったのか」

河田は答えた。

「怨みなどは何も。戦にあれば討つ討たれるは武士の宿命。この度の戦では奥州藤原には勝運あらず。その将はいずれ討たれる運命。ならば敗将の首をみやげに、御威光大いなる勝利将軍の元に……」

「黙れ、黙れ、よくも申すものよ。黙って聞いておればぬけぬけと」

皆まで聞かずに頼朝は、河田をその場から引っ立てさせた。

そんなわけで河田次郎は、期待した恩賞に与るどころか、そのまま頼朝の命で首を刎ねられてしまった。

こうして泰衡の首は、陣所の蜂神社境内に架けられたのだが、逃走した樋爪氏一族の行方のほうは、命じてあった三浦介義澄以下義連、義村など三浦勢の必死の探索にもかかわらず、依然として知れなかった。

二

それから四日後、十日になって、遂に三浦介からの報告が届いた。樋爪一族が落ちて行った先は、厨川よりさらに北、と。

この報に、早速頼朝は陣ケ岡を発ち、北の厨川に兵を進めることにした。

厨川の柵は、その昔、源頼義軍と安倍一族の熾烈を極める決戦で安倍一族が滅ぼされ、安倍貞任の首が架けられた処である。

自分もまた、先祖頼義将軍の例に倣い、敵将泰衡を厨川に引っ立てて討ち取り、この厨川の柵に首を架ける、という望みを抱き、首を柱に架ける五寸釘まで用意させていた頼朝は、あんな形で泰衡配下の男が泰衡を討ってしまったことに、まだ腹立ちを押さえ切れずにいた。

この上は、と内心頼朝には期するところがあった。藤原氏と同族の樋爪氏の首をここ厨川に架け、この奥州討伐の仕上げとする……。

だが、頼朝のその望みもまた、思いもよらぬ形で成就出来ぬことになった。

十五日、樋爪氏は入道になって僧体となっている棟梁俊衡以下、一族うち揃い、厨川に陣取る頼朝の前に投降して来たのである。

一行の顔ぶれは、樋爪太郎俊衡入道とその弟五郎季衡、それに俊衡入道は息子三人を、季衡も息子二人をそれぞれ帯同していた。

彼らは一様に、見るもあわれな程みすぼらしいなりをしていた。

僅か十日や半月ほどの逃避行で、一様にこれだけうらぶれた姿になるとは、いかにも不自然、と頼朝は怪しんだ。

だが一方、一度も戦わずに館を焼き払って逃亡し、あまつさえ、泰衡の死を知ると、何の抵抗もなく投降して来た、その老いた棟梁の心の襞に、頼朝は何とはなしに共感出来るものを感じたりもした。

ひとまずその場から引き取らせ、さて、一思いに一族の首を刎ねるべきか、とも考えたが、抵抗一つ見せず投降してきた、老いさらばえの棟梁俊衡にその処断を下すことに、何ほどの意味があるのか、とも頼朝は考えた。

冷徹を持って聞こえる頼朝の心は、珍しく揺れた。

若い泰衡と違って、俊衡はすで鬢も白く、かなりの老体と見受けられた。

思案の後で、頼朝は家臣の八田知家を呼んでこう命じた。

「あの一族の者たちは、暫しそちに預け置くこととする」

八田知家は、その頼朝の言葉に共感するように、大きく頷いて低頭した。

それから三日後には、泰衡の二番目の弟、高衡が独り投降して来た。

先代秀衡の四番目の息子高衡は、本吉庄（現宮城県）に駐せられ、その地方の産金等の管轄を任され、父御館の信頼も厚い息子であった。

平泉が落ち、一族滅亡と知って、もはやこれまでと覚悟を決めて投降して来たものだったのか。

頼朝はこれをも八田に「預け置く」とした。

厨川を引き揚げるに当たって、頼朝側近の梶原景時が八田知家に尋ねた。

「して八田殿、殿が預けし投降の者どもは如何な様子じゃ」

それに対して八田知家は奏上した。

「ははっ、彼らは皆々殊勝げにて、身じろぎだにせぬ様子。中でも棟梁の俊衡入道なる者は、日々法華経誦経三昧。持仏に向かって誦経するほかは言葉もなく、私めが話しかけても、何の返答も返っては参りませぬ」

「八田殿が声をかけても、か？」

「さようで。ほかの者たちもまた、首を垂れたまま、何を尋ねてもいずれも無言で、まるで口を失ったがごとき」

「ふうむ。彼奴等一族に、一体何が起きたというのか」

景時もまた、不思議そうに首を傾げた。

そんなことで、最終的に頼朝が下した処断は、老体の俊衡は入道でもあり、これはそのまま樋爪の地を安堵、一族のほかの者は皆、部下の者たちに預けて引き立てて行く、とした。

ここに、奥州藤原氏とその同族は、遂に滅亡した。

萌し――俊衡入道の述懐――

「何ゆえに一族うち揃って投降、なんどという道を選んだのか、とおっしゃられますか」

俊衡入道は、そう訊き返したあとで、静かに述懐した。

「さよう、あのまま北へ北へと逃れ行く道も有り申したろう。そして落ち行くその先々に、一人、また一人とこぼし別れ、それぞれの地で隠れ住むことは、皆々無事とは行かぬまでも、おそらくは出来たかもしれませせぬ」

「さようでござる。樋爪の御館は、何故にうち揃って……？」

「わしはの、先代御館を病床にお見舞い申し上げた折、御館の命を賭しての頼みに、この命に代えても、と固くお約束申し上げたのでござります。我が一族は、そのお約束を果すために……」

「先代御館の頼み？　お約束？　して……、そのお約束とは？」


厨川の柵で一族投降した後、俊衡入道の息子たちを初め、弟季衡とその息子たちも皆囚われの身となって、鎌倉軍に引き立てられて行った。

ただ一人、老体の俊衡だけが、向後にわたり、最早源氏に刃向かうこともあるまいとて、ここ樋爪の地を安堵されたのだ。

病床にあった先代秀衡公とどんな約束を交わしたにせよ、俊衡入道の払った犠牲は余りにも大きい、と相手は言いたげだった。

菩提寺大荘厳寺のすぐそば、僅か半年ばかり前までは堀を巡らした広大な居館があった跡は、まだ焼けただれた土のままだ。

それでも春の到来とともに、雪が消えたその焼け土に、柔らかい草の芽があちこちに萌え出している。

そこに簡素な庵を結び、朝な夕なに大荘厳寺で読経している俊衡は、この日、平泉の関山から大荘厳寺を訪れた客人の僧、蓮信を前にしていた。

約束というのは？　と尋ねられて、俊衡入道は静かに語り始めた。

「泰衡敗れる暁には、共に戦うその子泰之も命はなかろう。むろん泰衡の兄弟やその子らとて論外ではあるまい。平泉藤原の血はそれで絶える。それを防ぐ道はただ一つしかない、と御館は申されたのじゃ」

「それは……」

「さよう、まだ幼い十萬丸の存在は、幸い源氏方には覚られてはおるまい、とな。母親が泰衡の北の方の雑仕女をしていた端女《はしため》、というのが幸いした、と」

「……………」

「いよいよ鎌倉勢が攻め来て、不幸にも御曹司の采配も及ばず、平泉が落ちることがあれば、その時は頼む、と御館がのう」

「やはり……、そういうことでしたか」

「……………」

無言で頷いた俊衡入道に、客僧蓮信は言った。

「行方を断ってしまわれた孫君十萬丸様を、亡き先代の北の方様は、ずっとご心配召されておられ……」

「新御館泰衡様が、鎌倉に屈して義経殿を討たれたと聞いて、わしはすぐに十萬丸様をこちらにお連れするよう、我が息子兼衡に命じましたのじゃ。先の成り行きを考えての」

「そのようなご対応を、よくもいち早く」

「この事はごく内密に、事前に兼衡が十萬丸様の母君であられる伊余様にお諮りし、伊余さまも納得なされて」

「で、その事が、ご一族の投降とどのような関わりがあったと？」

「泰衡様が討たれた後、さらにわれら一族を討たんとて、鎌倉軍は厨川に押し寄せ申した。それを知って我らがさらに逃散すれば、厳しい探索の手が四方八方に延びるは必定。すればこれは必ずや、いずれ十萬丸様をも隠しおおせなくなると……」

「そういうことでございましたか。入道様は、一族を挺して先代御館に殉じようとなさったのでございますのう」

「平泉が滅びるのは、すなわちこの樋爪も滅びること。わしはとうからそのように見通しておりました」

「まことに。鎌倉軍は同族である樋爪氏を決して見逃しはしないでありましょうからの」

「我らは今日まで、平泉の祖清衡公から、身に余る御助力を得て以来、ここ樋爪でずっと平穏に過ぎて参りました。清衡公のご恩は片時とて忘れられるものではございませぬ」

「いや、入道様のそのお気持ち、先代御館はどれ程心強く有難く……」

「平泉が滅びて後も、わが一族のみがのうのうと、などということは、有り得ることではございませぬ。さようでございましょう？」

「いかにも入道様らしいお言葉。で、十萬丸様はいま……？」

答えかけて俊衡入道は、暫く口を噤んだ。

それから、いかにも申し訳なさそうに呟いた。

「いずこにおわすか、それはいま暫くはまだ……」

「さよう、いや聞かでものことをお伺い申しました」

「わしは、我が一族の命に代えても、御館秀衡様、いや平泉藤原の血脈をお守り申すと、御館にお誓い申したのじゃ」

深く頷いた客僧に、俊衡入道は続けた。

「先代秀衡公は、かすれた声を振り絞って申されましたのじゃ、我が母萩の前は、ご存じのように滅ぼされた安倍一族の宗任様の娘御。母をこの陸奥に送るにあたって、宗任様は母に申されたそうじゃ、父頼時が流れ矢に当たったのがもとで命尽きる前、わしと兄貞任を呼んで言った、必ず、必ずや我が血脈を残すべしと」

「血脈を、残すべし、と……」

「さよう。もし不幸にも我らに利あらず、敗北の憂き目を見ることがあっても、お前達八人の兄弟が皆々討ち死にしてはならぬ。どんな屈辱に耐えてでも、何人かは必ず生き残れ。そうして後の世まで、この陸奥の頼時一族の生きた証しを伝えてゆくべし、と」

「生きた証しを……」

「その時兄貞任は言った、わしは無論、勇猛果敢に戦って戦って戦いまくる。沈着冷静なお前は、優れた知識と知恵に恵まれた男、お前は必ずや父御の言葉を守り、子や孫をもうけて後の世まで命を繋いで行け、と」

「貞任さまの戦いぶりは、まこと、比類なき勇猛さであられたと、今に至るも語り継がれておりまする」

客僧は言いつつ頷いた。

「それゆえ宗任さまも、父御のお言葉を守り、投降して俘囚となる、という屈辱に耐え、伊予へ、そして大宰府へと流されたが、持ち前の度胸と知恵を駆使して、忍苦の末にやっと彼の地に根を下ろされた」

「ふーむ」

「じゃが、向こうでもうけたご子息もご自分も、なお陸奥へは戻らせては貰えぬ身、それ故宗任様は、女人の萩の前、すなわち我が母に、陸奥の地に血脈を……、の望みを託されたのかもしれぬ。そしてわしと秀栄は生まれた。じゃからのう、俊衡殿、その血脈を泰衡で絶えさせてはならない、わしはそう考えるのじゃ、となー」

「そのようなお話を、先代御館が入道様に……」

「御館秀衡公は申された。もし十萬丸の命を無事繋ぐことが出来たら、行く行くは、そなたの幼い媛御を娶せてやっては下さらぬか、と」

「お歳を召されてからの御方様との間にもうけられた媛御のことでござりますな」

「はい、名を璋子と申しますが」

俊衡入道はそこで一旦口を噤んだ、が、思い直したように、また静かに言葉を継いだ。

「そしての、御館はその折さらに申された。前々より本吉《もとよし》の庄に置きし髙衡、あれを戦さから遠ざけていずこかへ隠し置いてはくれぬか、と。あれは本吉の庄をよく治めておる、この平泉にもしもの事があっても、後々、本吉で生き抜いて行ける手立てもあるかもしれぬ、一縷の望みじゃが、と」

「なるほど、高衡様が何ゆえ樋爪の御一族に近いところにおられたかという事が、それで合点が行き申した」

「高衡様は、父御館の御遺言を守られた。自分は後々に血脈を繋ぐ役割を与えられたのだと」

「何ゆえ兄弟とともに力を合わせて戦わないのかと、そんな人々の冷たい目にも耐えられて……」

「さようでござりまするよ。高衡様もお辛いお立場に」

「まことに」

「投降して、我等の命がもし絶たれたら、いずこへなりと逃げおおせて下さりませ、そう申し置いて、我等は投降。高衡様は、鎌倉方の我等への処遇を知り、それで御自分も投降という道を選ばれた……」

先代御館という大きな御方、まことにもって……、と感に耐えぬように呟き、それから客僧蓮信は言葉を改めた。

「北の方様がこのことをお聞きなされたら、どんなに安堵なされ、また樋爪の御館に御恩義を。北の方様は、我が子泰衡が至らぬばかりに平泉を滅亡に追いやったと、日々、身も世もなくお嘆きで、それはお痛ましい限り」

「一時はの、わしもそのように考えたこともあり申した。新御館は、武人とするべくお育てしなかったのが災いしたのかと」

「いかにも、のう……」

「じゃが、よくよく考えて見れば、これこそ仏道で説く生生流転。この世は有為転変、いっときも同じところに留まってはおらぬということでござるよ」

「まことに……」

「いや、有識の僧であられるあなた様に、このようなことを申し上げるのは僭越至極でござりましたな」

「いやいや、なんの」

「仮に、新御館がどのように武人として優れた資質をお持ちだったとしても、この激しい世の移り変わりは、一人一人の力などでは到底留めようもないということでござる。さようにはお思いではござりませぬか、蓮信様」

「まこと、その通り。北の方様にも、いつもそのように申し上げてお慰めしておるのだが」

「あの、平家に非ずんば人に非ず、と奢った平家の棟梁清盛殿が突然逝かれ、北天の鷹との誉れ高かった先代秀衡公も、今、この時こそ、という時に逝かれてしまわれた」

「たしかに、思いもよらぬことでござった」

「その秀衡公はたまたま陸奥の良き時代に生まれ合わせ、泰衡様はこのような苦難の時代に遭遇なされた」

「うむ……」

「泰衡様とて、生まれ合わせた時が違えば、お心優しい御館として、下の者にも慕われて穏やかにお過ごしなされていたかも知れず。すべては〝時〟の必然。今は、わしにはそのように思えますのじゃ」

「樋爪の御館のその御言葉、北の方様がお聞きなされたら、どれほど有難く身に沁みて思われますことか」

それから蓮信は居住まいを改め、深々と頭を下げて言った。

「陣ケ岡蜂神社境内に架けられし首級、大荘厳寺御住持蓮弘師と、俊衡入道様がねんごろにご供養下されて、我らもどれ程心安んじましたことか」

「いずれ時が参らば、十萬丸様もご対面が叶いましょう。その後は、蓮信様のお力添えを頂いて、必ずあの皆金色の御堂におわす父御館様のお側へ」

蓮信師は、無言のまま深く頷いた。

俊衡入道はさらに続けた。

「かつて平泉を開いた清衡公と同じように、幼くして父上様とご一統を失った十萬丸様。向後はどうか、戦さとは縁のない平穏な日々を、と願うばかりでございまする」

「初代清衡公同様、成長なされた暁には、またいずこの地にか、戦とは無縁の、平和な仏の都を、と願われるかもしれませぬの」

「生き残られた忘れ形見、十萬丸様の、それが後の世の人々に繋いで行くお役目、であられましょう」

「まことに、まことに」

「十萬丸様の母君は、もとは雑仕女とは言い条、まことに気丈で聡明な御方であられます。向後、ご自分に残されたお役目をとくと心得て十萬丸様をお育てし、きっと立派にそれをお果たしなさることと存じまする」

「さようでござりますか。拙僧は、いまだその母君には、お会いしたこととてなく」

「さもあらん。平泉に在られた時は、ご自分の身をわきまえて、ひたすら人の目を避けられるようにお暮しなさっていたとか。これも先代御館がお話し下さったことでござるが」

「なるほど。それが逆に、この度の十萬丸様御無事のもととなられたと」

「御館はおっしゃられましたよ。あれを、いや伊余様のことでござるが、あれを見ておると、亡くなった国衡の母親が思い出されてならぬと」

「たしか、国衡様の母君も、その出自は……」

「阿緒衣は、周りがどう見ようと、実に聡明な、わしにとっては他には代えられぬ女人であった、泰衡もあれで、女人を見る目は確かなのかの、と。いや、これは北の方様にはくれぐれもご内密に、ということじゃが」

無論のこと、と少し笑った後で、伊余様のことなどお伝えしたら、北の方様はどれ程ご安心召されるか、そう愁眉を開いて蓮信師は言った。

それから蓮信師は、大荘厳寺の蓮弘師と俊衡入道の丁重な見送りを受けて、供の僧とともに平泉への帰路についた。

そのまま山門の外に出て、二人は暫く、何という事もなく辺りを逍遥した。

かつて広壮な居館があった、その傍らの地に結んだ、俊衡入道の簡素な庵が少し霞んだように見えていた。

それに目を遣って、住持蓮弘師は静かに俊衡入道に尋ねた。

「御方様も媛御も、お変わりなく……？」

「お蔭様にて。こちらにお連れした折に、十萬丸様と親しく言葉を交わした娘の璋子は、いつも十萬丸様のことを気遣ってはお噂申し上げておると、母親が申しておりまする」

「さようか、さようか。お二人が共に暮らせる日を、この老僧も楽しみに待ちたいものじゃ」

蓮弘師は笑みを浮かべて頷き、半ば独り言のようにそう言った。

俊衡入道もまた小さく頷き返し、そして彼方に目を移して言った。

「めっきり暖かくなって参りましたの。空には霞が。そろそろ桜もほころびそうでございますの」

それから俊衡入道は、屈めていた腰をゆっくりと伸ばした。そして蓮弘師と二人して、中空の彼方に目をやった。

うっすらと真綿を広げたようなやわらかな雲の下、天辺の平らな吾妻嶺《あずまね》の山が、人々の心をも、限りなく平らかに導いているように思えた。
爛漫の桜の季までは、なお暫くの時が必要なようであった。

あとがき

この町の西側に連なる山並みに、「東根山」（古くは吾妻嶺山とも）という、他の峰々に少し抜きん出た高さ九百メートル余りの山がある。土地の人々は親しみを込めて「こたつ山」と呼ぶ。

なぜそのように呼ぶかというと、てっぺんの三角部分をすっぽりと切り取ったような、見事な台形をしているからだが、そう説明されても、若い人たちには今一つ意味が分からないかもしれない。一昔前まで、炬燵櫓は四本の脚の部分を少し外側に張り出させた台形をしていて、その形状にそっくり、というわけなのである。

この町に住まいを定めてから、目の前に望むこの山を朝な夕なに眺めつつ、見慣れぬこの形状に、数年間は何とも落ち着かぬ心持ちになったものだった。が、夕方の散歩の途上に、「炬燵櫓」の上を真っ赤に染めて沈んでいく夕陽を眺めつつ暮らしているうちに、いつしか気が付けば、「こたつ山」は私の故郷そのものになっていた。少し長い留守をした後で町の駅に降り立ち、目の前にこの山容を望むと、ああ、帰って来た、という安堵感に包まれる。

この山は千年、いやそれ以上も、この地で暮らした幾代もの人々を、じっと見つめ続けて来たのである。

その麓に住むようになって、この地が、百年の仏都平泉と余りにも深い縁（えにし）の地であると言うことに驚き、土地の方々と勉強を重ねるうちに、私の中に、素朴な疑問が居座るようになった。

それは平泉二代棟梁基衡公、その妻が建立したとされる寺院のことである。

この時代、どんな系図にも男性の名前は出ても、女性はただ「女」とだけ。

そうでありながら、毛越寺隣の寺院は「基衡妻の建立」とはっきり記録に残る。

多大な費用を要したであろう寺院、「観自在王院」を女性の手で成し遂げた、この基衡妻、なる人はどんな女人であったのか、歴代の妻たちの中にも、このような事績の女人の記録はない。

「基衡さんの奥さんの正体って……?」

そんな素朴な疑問を抱き続けて幾星霜。男性諸君が、代々の男性に目を向ける中、やっぱり私は女性のことが気になります、とばかりに、こんな物語を紡ぐことになった。

相手を潰そうと戦いを仕掛けて来る者、潰されまいと必死の抵抗を試みる者、いつの時代も男たちはそうやって戦うが、その傍らで、どんな時代でも、女性たちは男性に劣らず、いや、次の代に繋ぐ子を産んでいるからこそ、男性以上に精一杯の生を生きて来たのではないか、と思える。

そんな中で、潰されようと殺されようと、徹底して無抵抗を貫ける者は、おのれの命より大事なものを持っている者のみ、という感を強くする。


京の都の、あの宇治平等院鳳凰堂、その屋根の両端を飾る鳳凰の間に沈んでいく夕陽は、平泉の、今はすでに無い無量光院の屋根の彼方の金鶏山に沈む夕陽、そしてわが町のこたつ山、東根に沈む、得も言われぬ美しい夕陽とおんなじ夕陽なのである。それはもっと言えば、この地球上のいずこで眺めようと、きっと得も言われぬ美しさなのであろう。

さあ、もう戦いはやめて、みんな共に美しい西方浄土に旅立とうではないか、今こそは平泉を生きた人々とともに、そう世界の同胞に呼びかけたい。

ともあれ、記録に残る史実などについては、勉強仲間の多くの方から、折に触れて懇切なご指導、ご教示を頂いた。この町で縁を結んで下さった多くの方々への有難さ、感謝の念でいっぱいである。

そして最後に、表紙の一字金輪仏、また文中に挿絵を寄せて下さった矢崎奈娥さん、ささきさちこさん、そして編集を引き受けて下さったツーワンライフの細矢定雄氏にも、この場をお借りして、心からのお礼を申し上げげます。

平成二十九年一月

東根山麓草居にて

著者

参考図書

現代語訳吾妻鏡（五味文彦・本郷和人・編）――吉川弘文館
安倍氏シンポジウム報告書（衣川村教育委員会・編）――衣川村教育委員会
前九年合戦シンポジウム（岩手県歴史研究会・編）――ツーワンライフ
奥州平泉文書　新訂版（岩手県教育委員会・編）――岩手県教育委員会
奥州藤原史料（東北大学東北文化研究会・編）――吉川弘文館
多賀城と古代東北（青木和夫・岡田茂弘・編）――吉川弘文館
古代の蝦夷と城柵（熊谷公男・著）――吉川弘文館
東北の争乱と奥州合戦（関幸彦・著）――吉川弘文館
保元の乱・平治の乱（河内祥輔・著）――吉川弘文館
後白河法皇・中世を招いた奇妙な「暗主」（遠藤基郎・著）――山川出版社
アジアの中の琉球王国（高良倉吉・著）――吉川弘文館

平泉への道　国府多賀城・胆沢鎮守府・平泉藤原氏（工藤雅樹・著）　雄山閣
北天の魁《ほし》　安倍貞任伝（菊池敬一・著）――岩手日報社
平泉ロマンの群像（千田徳寿・著）――岩手出版
平泉の世紀　古代と中世の間（高橋富雄・著）――ＮＨＫブックス
奥州藤原氏　その光と影（高橋富雄・著）――吉川弘文館
平泉・衣川と京・福原（入間田宣夫・編）――高志書院
平泉北方王国の夢（斉藤利男・著）――講談社
平泉中尊寺金色堂と経の世界（佐々木邦世・著）――吉川弘文館
源義経のすべて（奥富敬之・編）――新人物往来社
ほか

著者略歴

三島　黎子（みしま れいこ）

【略歴】

１９４４年岩手県生まれ。中学校教員として勤務。
病を得て退職後、茶道、華道教室のかたわら執筆した『櫓』で北日本文学賞選奨（選者井上靖）受賞。１９９０年から家族の仕事で千葉県在住中、約一年間中国大連大学で日本語を講ずる。
岩手に戻り、町づくり活動、茶道教室、執筆、現在に至る。日本文藝家協会会員／紫波町平泉関連史跡連携協議会幹事。

【著書】

櫓
黄昏の虹の彼方
選んでくれてありがとう　―チーと来たこの町―
哀愁のみちのく三部作（「蓮華寺の月」「樋爪館炎上」「秋風陣ヶ岡」）
沙羅双樹の花の色　―宋・契丹茶立て女ものがたり―

「陸奥《みちのく》烈女伝　―安倍・清原・藤原三代を支えた母たち―」

ISBN 978-4-907161-83-5
定価 1,600 円＋税

発　　行　2017 年 2 月 7 日　初版 1 刷発行
著　　者　三島　黎子
発 行 人　細矢　定雄
発 行 者　有限会社ツーワンライフ
〒 028-3621　岩手県紫波郡矢巾町広宮沢 10-513-19
TEL.019-681-8121　FAX.019-681-8120
印刷・製本　マコト印刷株式会社

万一、乱丁・落丁本がございましたら、
送料小社負担でお取り替えいたします。